FSC
www.fsc.org
MIX
Papier aus ver-
antwortungsvollen
Quellen
Paper from
responsible sources
FSC® C105338

Verlag : BoD · Books on Demand GmbH,

In de Tarpen 42, 22848 Norderstedt

Druck : Libri Plureos GmbH,

Friedensallee 273, 22763 Hamburg

ISBN : 978-3-7693-0416-9

1. Auflage 2024

Alle Rechte liegen bei der Autorin:

Solène de la Pluie

Covergestaltung: Jessica- Jasmin Mogdans

Alle Rechte vorbehalten.

Für Fragen und Anregungen:

info@delapluie.de

Wenn ich Dich noch einmal sehen darf

Solène de la Pluie

Dieses Buch widme ich meiner Mama.
Die Erinnerung, deine Liebe und die
Hoffnung auf ein Wiedersehen … sind alles,
was bleibt …

Prolog

Ich habe lange überlegt, wie es am besten
wäre, diese Geschichte zu erzählen. Ich hoffe,
dass es mir gelungen ist, dich in den Moment
des Geschehens zu bringen, dass du empa-
thisch den Figuren folgen magst … Ich bin
keiner der Hauptprotagonisten, wer ich bin,
ist zunächst nicht von Bedeutung.
Diese Zeilen sind in der Ich-Form meines
kleinen Schützlings wiedergegeben, da ich
hoffe, dir so die Gedanken und Gefühle

meiner Figur(en) am nächsten bringen zu
können. Sagen wir einfach, ich bin jemand,
den du Beobachter nennen darfst …

Was uns allen zeitlebens in stürmischer
Aufruhr, in Augenblicken der Verzweiflung
die Kraft und den Mut schenkt, ist und bleibt
die Hoffnung. Hoffnung wird durch Liebe
hervorgebracht, sei es durch die Liebe zum
Leben, die Liebe zu einem Menschen, die
Liebe zu einem Tier oder die Liebe zu einem
bestimmten Moment, der dir die Fähigkeit
verleiht, über dich selbst hinauszuwachsen.
Einer, der dich wieder und wieder hochziehen
kann und dir die Welt in Zeiten der Dunkelheit heller erscheinen lässt.
Dies ist mein Trost und mein Appell an dich.
Hier also beginnen wir … am Anfang …

Kapitel 1

Die Begegnung

Wir schreiben das Jahr 1884. Es war ein herrlich warmer Tag im Juli. Sammy spielte mir seit dem Mittagessen stetig seinen Ball zu, ich konnte ihn von der Idee, spazieren zu gehen, nicht abbringen, obwohl ich nach dem Essen viel zu müde war und mich lieber auf die Veranda gesetzt hätte, um im Angesicht des strahlenden Sonnenscheins meinen Roman weiterlesen zu können. Wer aber konnte diesen treuen Hundeaugen schon widerstehen …?

Mein Name ist Grace, Grace Hartley, ein Mädchen von vierzehn Jahren.

Ich wohne mit meiner Mutter Margareth und unserem Hund Sammy in Frankreich, in einer kleinen Provinzstadt namens Foret Jaune.

Seit meinem fünften Lebensjahr leben wir hier, nachdem wir von England nach Frankreich übergesiedelt sind. Wir können ein

kleines Haus unser Eigen nennen, welches
mein Vater Henry vor seinem Tod für uns er-
richtet hat. Vor zwei Jahren starb er an einer
Lungenentzündung. Ich denke oft an ihn.
Manchmal habe ich das Gefühl, dass er gar
nicht weg ist. Es ist schwer zu beschreiben …
Er war, wie sich ein jeder einen Vater
wünscht – besser noch. Gerade jetzt, wenn
ich mit Sammy entlang der kleinen Flüsse
und Bäche laufe, die mit kristallklarem, frischem Wasser das Land durchziehen, denke
ich an ihn. Sammy lief uns, kurz nachdem
uns Vater verließ, zu und meine Mutter war
einverstanden, dass wir ihn behielten. Sammy
ist unser Beschützer, er scheint wie ein guter
Geist zu sein und ist ein Meister darin, mich
dabei zu ertappen, wenn ich traurig bin. Bisher gelang es ihm immer, mir trotz meiner
Trauer, die mich an manchen Tagen einzuho-
len versucht, ein Lächeln zu entlocken und
mich auf schönere Gedanken zu bringen.

Während unseres Spaziergangs beobachtete
ich die grünen, saftigen Wiesen, die eine

Vielzahl an prächtig blühenden Blumen zieren. Wir wohnen an einem friedvollen Ort in idyllischer Natur. Faszinierend waren vor allen Dingen die Gerstenfelder, die nicht weit von unserem Haus gedeihen. Im Glanz der Sonne schimmern sie goldgelb, mein Lieblingspanorama.

Wir setzten unseren Spaziergang fort und gelangten in die Mitte einer Grasböschung. Ich war bemüht, Sammy dazu zu bewegen, mit mir am Wasser entlangzulaufen, doch diesmal wollte er nicht auf mich hören und lief weiter in das dicht gewachsene Gras hinein. Immer schneller tapste er voran, sodass ich kaum hinterherkam. Plötzlich, was ihm gar nicht ähnlich sah, riss er sich von der Leine los. Ganz in der Nähe hörte ich ein Rascheln, hastig eilte ich ihm hinterher. Als ich ihn völlig außer Atem eingeholt hatte, sah ich ein Bein, nein, zwei Beine, Haare. Ich hörte eine Stimme, die lachte. Vorsichtig ging ich einige Schritte vorwärts, sodass ich einen Jungen erkennen konnte. Sammy stand auf allen Vieren über ihn gebeugt.

Wieder lachte die erlegte „Beute". Sammy schleckte den Fremden an seiner Wange.

Reglos und verwundert stand ich da. Kannte ich ihn? Sammy versperrte mir die Sicht ... Nein, eigentlich kannte ich niemanden in der Umgebung. Es gab nur ein Haus, wenige Meter von unserem entfernt, das jedoch seit mehreren Jahren leer stand. Ich versuchte Sammy zu beruhigen, aber er war außer sich vor Freude, wedelte wie verrückt mit seinem Schwanz hin und her, bellte und ließ zunächst von dem Unbekannten nicht ab. Erst nachdem ich ein schrilles Pfeifen losgelassen und meine Stimme erhoben hatte, bewegte er sich von ihm fort.

Hellgrün leuchtende Augen blickten mich an. Er hatte ein Lächeln im Gesicht und wischte sich mit seiner linken Hand über die Wange, welche eben noch so überschwänglich abgeschleckt wurde. Etwas verlegen stand er langsam auf, strich sich durch sein gelocktes braunes Haar. Reglos standen wir voreinander, um uns anzusehen. Ich spürte eine Röte in meinem Gesicht aufsteigen und hatte seltsam wackelige Knie. Vielleicht lag es an Sammy, der mich in Verlegenheit brachte. Was dachte der Fremde von mir? Sicher, dass ich meinen Hund nicht erzogen habe … Es war mir peinlich, dass er das glauben könnte. Ich wollte etwas sagen, doch mir fehlten die richtigen Worte. In meinem Kopf herrschte ein Durcheinander. Plötzlich setzte er einen Fuß vorwärts, er grinste immer noch und kam auf mich zu. Er reichte mir seine Hand und unsere Hände berührten einander. „Hallo, ich bin Thommy." Ich stand immer noch wie festgewurzelt vor ihm. Ich wusste, dass ich mich ihm jetzt ebenso vorstellen sollte, stattdessen sagte ich: „Das ist Sammy, er hat es nicht so gemeint, es tut mir leid, er macht so etwas normalerweise nicht, ich meine, anscheinend mag er dich, kennt ihr euch?" Im selben Moment fiel mir ein, dass er Sammy gar nicht kennen konnte, also wie, woher ... Was redete ich nur für einen Unsinn. „Das macht nichts, ich mag Hunde. Wir kennen uns nicht, ist er dein Hund?" „Das ist Sammy, mein Hund, und wir, also ... Es tut mir leid, ich bin Grace, Grace Hartley." Erst jetzt bemerkte ich, dass ich seine Hand immer noch nicht losgelassen hatte und zog sie langsam zurück. „Und wie heißt du?" Er lächelte unverschämt charmant und entgegnete: „Thomas Hevelton." „Ach ja, das sagtest du ja bereits." „Du kannst einfach Thommy zu mir sagen, freut mich, Grace Hartley, dich kennenzulernen." Mein Herz klopfte viel zu schnell und das Gefühl der Zeitlosigkeit überkam mich. Was hinzukam, war, dass ich glaubte, ihn zu kennen, er war mir eigenartig vertraut, obwohl ich ihn noch nie zuvor gesehen hatte. Was er wohl von mir denken mochte, überlegte ich wieder … Er durchbrach meine Gedankengänge, indem er sprach: „Habt ihr euren Spaziergang für heute schon beendet?" „Nein", erklärte ich. „Darf ich euch ein Stück begleiten?" Überrascht willigte ich ein. Sammy war nach wie vor euphorischer Stimmung. Wir gingen ein Stück weiter, heraus aus dem hochgewachsenen Gras und gelangten an die goldglitzernden Gerstenfelder, durch die wir hindurchspazierten. Wärmend strahlte die Sonne auf uns herab. Thommy wollte wissen, woher ich komme, wo ich wohne. Ich erklärte ihm, dass ich mit meiner Mutter ganz am Ende des Dorfes wohne und es bis auf ein weiteres Haus auch keines in der Nähe gibt. Ich stellte ihm dieselbe Frage, er antwortete: „Rate mal!" Er machte mich mit dieser Gegenfrage nervös und ich rang um Worte, darum, einen klaren Gedanken zu fassen, stattdessen stammelte ich: „Ich weiß nicht." Er lachte. Lachte er mich aus? Ich sah ihn mit hochrotem Kopf an. Mit zunehmender Unsicherheit fragte ich ihn: „Lachst du mich aus?" „Nein, nein, Grace, ich glaube nur nicht, dass so ein Zufall möglich ist." „Was für ein Zufall?" „Wir sind Nachbarn, Grace, mein Vater und ich wohnen nebenan." „Oh, wirklich?", entgegnete ich ihm überrascht und freute mich zeitgleich irgendwie. „Ja", sprach er, „wir sind von England hergekommen, mein Vater hat nach

Arbeit gesucht. Wir waren wochenlang unterwegs, dann hat mein Vater dieses Stück Land entdeckt. Hier gibt es für längere Zeit Arbeit und er hat sich entschlossen, hier zu bleiben. Die Besitzer der Felder sagten, er könne sofort anfangen, und ich helfe ihm natürlich bei den neuen Aufgaben."

Bestimmt bemerkte er meine Begeisterung, obwohl ich meine Freude gar nicht so deutlich zeigen wollte, denn ich wusste selbst nicht, worüber ich mich freute. Dann erzählte ich, dass meine Eltern ebenfalls von England hierher übersiedelten. Wir unterhielten uns einige Stunden lang, ich kann mich allerdings kaum noch erinnern, über was wir genau sprachen, ich fühlte mich schlichtweg wohl in seinem Beisein. Nach einer Weile schlugen wir den Heimweg ein und schlenderten dabei am Wasser entlang. Ja, ich fühlte mich in seiner Gegenwart geborgen. Ein paar Mal warf Thommy einen Stock für Sammy, als er dann pitschnass, aber voller Stolz mit dem Stock im Maul zu uns gelaufen kam, war unser Gelächter groß. Es war ein wundervoller Tag

und schon fast halb sieben, als wir uns vor
meiner Haustür verabschiedeten. Als er am
Gehen war, stand er, seine Hände in seinen
Hosentaschen vergraben, in ruhiger Form da
und fragte mich, ob ich ihn morgen wiedersehen wollte. Ohne zu zögern, platzte es aus
mir heraus, zweimal: „Ja, ja, sehr gerne." Im
selben Moment biss ich mir auf die Lippe
und ärgerte mich, dass ich so überschwänglich reagierte. Ich war völlig durch den Wind.
„Wollen wir morgen Vormittag zum See?",
schlug er vor, „ich würde dich morgen um
zehn Uhr abholen und Sammy natürlich."
„Okay", war alles, was ich sagte, dann machte ich die Tür auf, sperrte ab und lehnte mich
mit dem Rücken an die Tür und atmete erst
einmal tief durch. Ehe ich jedoch einen klaren Gedanken zwischen meinen Hochgefüh-
len fassen konnte, kam meine Mama auf
mich zu: „Wo warst du so lange, Grace?",
fauchte sie mich an. Ich wusste natürlich,
dass ich längst hätte zu Hause sein müssen.
Ich war ihr aber nicht böse, denn ich wusste,
dass sie sich nur Sorgen machte und ihrer

Pflicht als Mutter nachging. Hinzu kam, dass es vermutlich nichts auf der Welt hätte geben können, das mir meine gute Laune und das herrlich seltsame Herzschlagen hätte nehmen können. Ich werde ihn morgen wiedersehen, dachte ich bei mir, Thommy Hevelton, den Fremden mit der samtweichen, ruhigen Stimme und den herrlich grün funkelnden, ja bezaubernden Augen … Der Beginn der Geschichte entsteht in diesem Moment, in dem etwas Magisches in der Luft lag ...

Kapitel 2
Das Unerwartete

Ich bin mit dem Gedanken an ihn eingeschlafen. Sein Lächeln ging mir nicht mehr aus dem Kopf. Anfangs wollte ich es verdrängen …, aber ich träumte von ihm. Dann wurde ich mitten in der Nacht wach und überlegte, was ich morgen zu unserem Treffen anziehen sollte. Ich hatte zwei Kleider, abgesehen von dem weißen, welches ich heute trug, die ich beide von meiner Mutter zum Geburtstag geschenkt bekommen hatte. Ich überlegte weiter, wie ihm meine Haare wohl am besten gefallen würden … Auf jeden Fall würde ich früh aufstehen. Vielleicht, wenn Mama mich nicht beobachtete, würde ich etwas von ihrer Lippenpflege auftragen. Unheimlich aufgeregt war ich, dachte daran, eine meiner Hauptprotagonistinnen aus meinen Romanen zu sein. Mir fehlte mein Vater, er stand mir immer mit Rat und Tat zur Seite. Er lehrte mich die Grundsätze des Lebens, soweit es mir bis dato möglich war, diese zu verstehen. Sein Leitspruch war: Behandle andere immer so, wie du selbst behandelt werden möchtest, sei gerecht und ehrlich, hilf einem Menschen, wenn er in Not ist, vergiss deinen eigenen Wert nicht und auch wenn dir Steine oder sogar viele Steine in den Weg gelegt werden, glaube immer an dich und denke immer an die, die dich lieben …

Für mich war er der Beste ... Was sollte ich jetzt tun? Vermutlich würde er sagen:

„Meine liebe Grace, sei einfach du selbst und Gott wird dir dann helfen …"

Es war nur ein einfaches Treffen …, dennoch zermarterte ich mir mein kleines dummes Hirn wegen nichts!

Dennoch, es fühlte sich an, als würde diese Begegnung mein ganzes Leben verändern.

An manchen Tagen dachte ich …, wenn ich mir mehr Zeit für meinen Vater genommen und ihm mehr Mut zugesprochen hätte, wäre er noch da. Dann, wenn ich wieder realistisch denke, weiß ich, dass es nichts geändert hätte. Er hat mal gesagt, manchmal sind wir als Menschen so machtlos, weil wir, egal wie oft und wie laut wir uns etwas wünschen, es dennoch nicht beeinflussen können. Wenn wir an diesem Punkt sind und wissen, dass wir alles in unserer Macht Stehende getan haben, dann kommt Gott und wir müssen anfangen zu vertrauen. Meine Gedanken drifteten in die Vergangenheit ab ... Es handelte sich doch nur um ein Treffen ... Warum dachte ich gerade jetzt so intensiv an meinen Vater?

Es war noch zu früh, um aufzustehen, also kuschelte ich mich in meine Decke rein und war bemüht, noch ein wenig Schlaf zu finden.

Es klingelte an der Tür, als es Punkt zehn Uhr war. Ich zupfte die Falten auf meinem Kleid zurecht und blickte ein letztes Mal in den Spiegel. Zum Glück hatte ich doch noch etwas geschlafen und sah somit erholt aus. Margareth öffnete die Tür, er stand mit einem Strauß Blumen vor der Haustür und strahlte mich an. Wieder überkam mich dieses merkwürdige Gefühl, ihm schon einmal begegnet zu sein.

Langsam trat ich einen Schritt vor den anderen, um zur Tür zu gelangen. Er reichte mir die Blumen, ich bedankte mich und holte schnell eine Vase. Margareth gab er die Hand und mit prüfenden Blicken trat sie ihm gegenüber. Ihre strenge Miene verwandelte sich in ein gutgläubiges Lächeln, nachdem sie sich kurz miteinander bekannt gemacht hatten. Trotz der sichtlichen Sympathie, die sie

schon gleich für Thommy hegte, erklärte sie
ihm, wie wichtig ihr es sei, dass ich spätes-
tens um fünf Uhr wieder zu Hause sein müsse. Mit einem ehrlich Gemeinten: „Was meinen Sie denn, Mrs. Hartley, ich verspreche
es", verabschiedete er sich von ihr. Ich drückte ihr noch einen Kuss auf die Wange, dann
nahm Thommy mich an der Hand und gemeinsam gingen wir der Sonne entgegen.
Wieder gelangten wir zu den Gerstenfeldern,
die in der Sonne schöner denn je waren …
Wir legten uns in die Felder hinein, beobachteten den Himmel und die vorbeiziehenden
Wolken, um gedanklich aus ihnen Figuren zu
formen. In einem Moment streichelte er mir
durchs Haar, blickte mich dabei ruhig an und
erklärte, meine Haare würden wie Gold glän-
zen. Ich wurde verlegen und befürchtete, rot
zu werden so wie gestern. Hoffentlich merkte
er es nicht … Nach und nach verdichteten
sich die Wolken und es wurde immer schwieriger, Motive am Himmel zu erraten. Thommy schlug vor, mir einen anderen Ort zu zeigen. Obwohl er noch nicht so lange wie ich

hier lebte, kannte er die schönsten Plätze, die ich ohne ihn vielleicht nie entdeckt hätte. Der Weg führte über eine Blumenwiese, etwas weiter stand eine unbewohnte Hütte. „Grace, komm, die Hütte habe ich vor ein paar Tagen erforscht, sie ist wirklich schön, komm." Mir war zunächst nicht wohl dabei, irgendwo hineinzugehen, wo ich doch nicht wusste, ob dort wirklich niemand lebte, aber Thommy war nicht aufzuhalten, er ließ nicht locker und erklärte: „Dieser Ort eignet sich, wie ich finde, zum Träumen." Wir gingen hinein …
„Von was träumst du denn so?", wollte ich von ihm wissen. „Ich denke oft darüber nach, wie es wäre, wenn manche Dinge vielleicht anders wären im Leben, in der Welt. Wenn die Vergangenheit anders gewesen wäre … Sicher wäre es dann auch die Gegenwart. Ich möchte das Hier und Jetzt genießen, Momente wie diesen, mir eine schöne Zukunft ausmalen und an etwas glauben. Das fällt mir manchmal … nicht so leicht …"
Er wirkte nachdenklich und traurig. Ich wusste nicht, was ich sagen sollte. Er setzte sich

auf einen Stuhl und stützte seinen Kopf in seine Hände. Ich berührte ihn leicht und sanft an seiner Schulter. „Alles in Ordnung?", wollte ich wissen. Ruckartig ließ er seine Gedanken los, bewegte sich und blickte mich verlegen an. „Ja, Grace, es tut mir leid, ich hatte wohl kurz vergessen, dass ich nicht allein hier bin, bitte entschuldige, es ist alles bestens." Dennoch ging mir nicht aus dem Kopf, was er sagte und wie er es sagte. Seine tiefgründigen Gedanken überraschten mich, er machte sich anscheinend ernsthafte Gedanken über das Leben. Was mich aber irritierte und mir zugleich an ihm gefiel, war, dass er wie ein Erwachsener sprach und nicht wie ein Junge von fünfzehn Jahren. Als er in diesem ruhigen, nachdenklichen Moment vor mir saß, konnte ich ihm ansehen, dass in ihm trotz seines fröhlichen Wesens das Gefühl von Traurigkeit wohnte …

Ich sah mich in diesem kleinen alten Bauernhüttchen genauer um, klein und niedlich war es hier. Zwei Fenster gab es, durch die die Sonne das Innere erhellte. Überall hingen

Spinnweben, einen kleinen Tisch und zwei Stühle entdeckte ich, sonst nichts außer einem verstaubten Holzboden. Dieser Ort gefiel uns beiden. Es war ruhig und wir verweilten noch. In Gedanken stellten wir uns diesen Ort mit Möbeln und einer kompletten Einrichtung vor. Gemeinsam überlegten wir, wo was stehen könnte. Wir hatten unheimlich kreative Ideen, wie ich fand.

Der Abend kam näher und Thommy brachte mich nach Hause. Mit einer herzlichen Umarmung verabschiedeten wir uns voneinander und ich bedankte mich bei ihm für den schönen Ausflug. Wir strahlten beide, dann war es an der Zeit, ins Haus zu gehen. Gerade als ich die Tür hinter mir schließen wollte, rief er meinen Namen: „Grace, ich wollte dich fragen, ob, wenn du morgen nochmal Zeit hast also und magst …, ob ich dich nochmal zu einem Ausflug abholen darf?"
Ich wollte zwei Sekunden zuvor, ehe er das sagte, schon missmutig werden und mich ärgern, dass wir uns nicht für ein nächstes

Treffen verabredet hatten. Lächelnd antwortete ich: „Sehr gerne, gegen Mittag bei der Hütte." Mit gegenseitigen Gute-Nacht-Wünschen verabschiedeten wir uns.

Als ich ins Haus kam, fragte mich meine Mutter natürlich sogleich, wie der Tag mit Thommy war. Ich war derart in Gedanken an ihn, dass sie mich zweimal fragen musste, bevor ich ihr von meinem Tag erzählte. Ich setzte mich auf unseren gemütlichen Stuhl neben dem Kamin, Sammy kam zu mir. Margareth sah mich an und sagte: „So wie du grinst, musst du einen sehr schönen Tag gehabt haben." „Ja, das hatte ich Mama." „Das freut mich, meine Kleine. Vor lauter Eile und Aufregung habt ihr vergessen, Sammy mitzunehmen", dabei lachte sie. „Oh ja, das stimmt", sagte ich verlegen. „Du hast bestimmt Hunger!?" „Nein, nein, Mama, ich habe keinen Hunger." „Aber Grace, du musst etwas essen." Unaufgefordert stellte sie mir einen Teller Eintopf hin, den ich dann doch bereitwillig aß. Margareth schien sich für mich zu freuen, denn Thommy war ihr, wie ich glaubte, wirklich sympathisch.

„Es ist doch okay, wenn ich ihn morgen wiedersehe, dann nehme ich auch ganz bestimmt Sammy mit!?" „Wenn ihr keine Dummheiten macht, spricht nichts dagegen." Ich war erleichtert und gab ihr dankbar einen Kuss, ehe ich in mein Bett ging.

Weil ich so aufgeregt war, stand ich am nächsten Tag viel zu früh bei der Hütte. Ich konnte es kaum erwarten, ihn zu sehen. In der Zeit, in der ich auf Thommy wartete, erkundete Sammy die Umgebung. Ungefähr eine halbe Stunde später sah ich ihn endlich kommen. Die halbe Stunde fühlte sich wie eine Ewigkeit an. Als er vor mir stand, umarmte ich ihn, ohne nachzudenken, überschwänglich. Hinterher war es mir doch peinlich, aber er schien sich darüber zu freuen. Auch, dass Sammy dabei war, gefiel ihm, sodass er vorschlug, am See spazieren zu gehen. Sammy amüsierte sich prächtig am Wasser. Auf dem Weg und am Ufer pflückten wir Blumen, welche wir Margareth mitbringen wollten. Ab und zu neckte Thommy mich, indem er mir weismachen wollte, ich hätte ein ekliges Tier auf meiner Schulter sitzen, oder zwickte mich leicht am Arm. Ich tat, als wäre ich deswegen beleidigt, insgeheim mochte ich diese kleinen Neckereien. In seiner Gegenwart spürte ich ein Gefühl der Leichtigkeit und Geborgenheit. Am Abend brachte er mich wieder sicher nach Hause und Mama freute sich über den Blumenstrauß, den wir ihr mitbrachten.

Die darauffolgenden Wochen und Monate sahen wir uns fast täglich, an einigen Tagen musste er allerdings seinem Vater Albert öfter bei der Arbeit helfen als an anderen Tagen, so dass einige Tage bis zu einem neuen Treffen dazwischen lagen. Umso schöner waren unsere Wiedersehen.

Jeden Abend schlief ich mit einem breiten Grinsen im Gesicht ein, mit dem Gedanken an ihn.

Nach dem Tod meines Vaters war ich das erste Mal wieder richtig glücklich. Thommy

Hevelton … Ich hoffte und wünschte innig, dass er das Gleiche für mich empfand. Ich konnte es nur hoffen, denn Tag für Tag wurde mir mehr und mehr bewusst, dass ich mich vollkommen und Hals über Kopf in ihn verliebt hatte.

Es vergingen die Tage und Monate und weiterhin kaum ein Tag, an dem wir uns nicht sahen. Obwohl es schien, dass der Winter Einzug halten würde, wuchsen und gediehen dennoch die Gerstenfelder, genau wie unsere Liebe zueinander Tag für Tag mehr wurde und wuchs.

Im November feierten wir Thommys sechzehnten Geburtstag, es war ein wunderschöner, wenn auch windiger und kühler Tag. Was mich wunderte, war, dass Thommys Vater Albert nicht da war, um gemeinsam mit uns Thommys Geburtstag zu zelebrieren. Bislang hatte ich ihn immer noch nicht kennengelernt, auch Margareth wunderte das, also fragte meine Mama: „Thommy, wo ist denn dein Vater, wollte er nicht mit uns gemeinsam an deinem Ehrentag zu Abend essen?" Ich blickte ihn an und sah, wie sein Gesicht ganz bleich wurde. „Oh, Mrs. Hartley, er hat wirklich sehr viel zu tun, er wäre bestimmt gerne heute Abend gekommen, wenn es seine Zeit erlaubt hätte." Thommy wirkte auf mich nervös und ich sah ihm an, dass diese Frage Unbehagen in ihm auslöste. Ich kannte ihn mittlerweile recht gut, Margareth ihn weniger und sie ließ nicht locker: „Thommy, richte deinem Vater meine Einladung für kommenden Sonntag zum Abendessen aus, der arme Mann wird wohl zwischen all der harten Arbeit einmal Zeit finden, sich mit seinen Nachbarn zu beschäftigen, denn Gesellschaft braucht der Mensch, nicht, dass er da drüben eines Tages vereinsamt." Mit fester Stimme antwortete Thommy, dass es wirklich sehr freundlich von ihr sei, aber … Sie unterbrach ihn, sodass er nicht weitersprechen konnte: „Keine Widerrede, junger Mann, ich mache das gerne und freue mich über Besuch." „Das glaube ich, Mrs. Hartley … Ich richte es ihm aus ..." Sein besorgtes Gesicht blieb mir nicht verborgen und ich überlegte, was ihn so bedrücken konnte. Als wir allein waren, nahm er meine Hand und holte tief Luft: „Grace, meinem Vater kann man es selten recht machen, er kann schnell zornig und wütend werden, verstehst du? Ich befürchte, deine Mutter hat eine falsche Vorstellung von ihm, ihr solltet ihn besser nicht kennenlernen." Ich schluckte und obwohl mir seine Reaktion übertrieben vorkam, es handelte sich schließlich lediglich um ein Abendessen, versprach ich zu versuchen, Margareth von ihrem Plan abzubringen. Sorgenvoll beobachtete ich Thommy den Rest des Abends. Er blieb noch eine Weile und wir lasen uns vor dem Kamin Geschichten vor, ehe er uns spät verließ.

Am nächsten Morgen redete ich Margareth ins Gewissen, das Essen für den nahenden Sonntag bleiben zu lassen. „Mama, Thommy sagt, sein Vater ist kein geselliger Mensch und es wäre ihm lieber, wenn wir ihn nicht kennenlernen." „Ach, mein Kind, jeder freut sich über eine Einladung, ihr werdet sehen, dass eure Sorgen unbegründet sind."

Es war nicht möglich, sie umzustimmen, und zum ersten Mal nach sehr langer Zeit hegte ich einen Groll gegen meine Mutter. Warum wollte sie keine Rücksicht auf Thommy nehmen? Wahrscheinlich sehnte sie sich selbst so sehr nach Gesellschaft, dass es ihr egal war ...

Am Nachmittag erzählte ich Thommy von meinem gescheiterten Versuch, Mama umzustimmen. Mit gesenktem Kopf antwortete er: „Also gut, ich richte es ihm aus, er wird sich hoffentlich in Frauengesellschaft zu benehmen wissen ..."

Der so viel diskutierte Tag brach heran und Margareth stand seit dem späten Vormittag in der Küche, um den Eintopf für den Abend vorzubereiten.

Es klopfte an der Tür, es war Viertel vor sechs. Ein wenig früh, doch das Essen war so gut wie fertig. Ich öffnete die Tür, schenkte unseren Gästen mein schönstes Lächeln und wollte Mr. Hevelton, der vorausging, meine Hand zur Begrüßung reichen. Stur und ohne erkennbare Mimik in seinem Gesicht ging er an mir vorbei. Unaufgefordert nahm er an unserem Tisch Platz. Thommy und ich setzten uns ebenfalls. „Das riecht ja herrlich, Mrs. Hartley", sagte Thommy. „Oh danke, Thommy, ich hoffe, du und dein Vater mögt Kartoffeln mit frischem Gemüse und Brühe?" „Ich habe einen Riesenkohldampf", sagte Albert. „Das freut mich zu hören, Mr. Hevelton, ich habe reichlich gekocht und nur das beste Gemüse aus unserem Garten geerntet, doch lassen Sie auch noch Platz für einen Nachtisch in Ihrem Magen." Dies entgegnete Margareth ihm mit heiterer Stimme, sie wollte wirklich, dass es ein schöner Abend würde. Albert allerdings machte keinen amüsierten Eindruck. „Nachtisch gibt es bei uns seit Jahren nicht mehr, das ist auch überflüssig, Gebäck und Beeren oder was Sie da auftischen wollen, brauchen Männer wie ich und Thomas nicht", sagte Albert. Dabei packte er Thommy an der Schulter, rüttelte ihn unsanft und sagte:

29

„Stimmt's, Junge!?" Thommy fühlte sich sichtlich unwohl, bemühte sich aber zu lächeln. Einen Moment sprach niemand, also ergriff ich das Wort: „Mama, ich hole schnell frisches Wasser." Wir haben eine Quelle hinterm Haus, aus der wir unser frisches Wasser schöpfen. „Ich helfe dir", sprach Thommy. „Junge, das Weib kann doch einen Eimer Wasser allein tragen", sagte Albert. „Ihr Name ist Grace, Vater!" „Junge, kein Grund, mit zorniger Stimme zu sprechen!" Die Situation wurde zunehmend unangenehmer, Margareth wollte die Wogen glätten: „Oh, natürlich wie unhöflich, wir haben uns Ihnen noch gar nicht vorgestellt, Mr. Hevelton. Nennen Sie mich Margareth und das ist meine Tochter Grace." „Na fein", sagte Thommys Vater. „Können wir dann endlich essen? Und ich hoffe doch, dass Sie noch etwas anderes zu bieten haben als Wasser, um meine Kehle zu benetzen. Männer wie ich trinken Bränd." Es ging etwas Aggressives von Mr. Hevelton aus. Wie sehr Mama auch versuchte, freundlich zu bleiben, die Situation spitzte sich zu.

„Ich schau einmal, Mr. Hevelton, wir haben kein Pferd, geschweige denn eine Kutsche, um ins nächste Dorf zu gelangen, um dort einkaufen zu können, doch mein verstorbener Mann genoss ab und an einen guten Tropfen, vielleicht finde ich noch eine Flasche." „Was ist denn das für eine Einladung, einen Eintopf kann ich selbst kochen, dazu brauch ich mir nicht Ihr Geschwätz anzuhören, zu Hause habe ich wenigstens einen Branntwein!" Mr. Hevelton wurde lauter. Thommy stand auf und wollte ihn besänftigen: „Vater, bitte, es war nur gut gemeint, ich kann dir den Branntwein schnell von drüben holen und wir essen dann in Ruhe, okay?" „Willst du mir etwa erklären, wie die Dinge zu laufen haben, du nichtsnutziger Waschlappen? Wer hat hier denn das Sagen, du etwa?" Dabei lachte er höhnisch und übertrieben. Er stand auf, seine Augen funkelten böse und angsteinflößend. Er ging auf Thommy zu. „Machst hier einen auf Moralapostel vor den schicken Ladys." „Hör auf", ermahnte ihn Thommy und Alberts Gesicht wurde rot vor Wut. „Was denn, was denn, Junge?" „Ich warne dich, Albert, mach, dass du hier rauskommst, du bist hier nicht länger erwünscht." „Pah, ich habe eine Einladung bekommen und werde wieder ausgeladen, das sind aber keine guten Manieren. Das müssen mir deine Ladys schon selbst sagen, wenn ich gehen soll." Margareth erkannte genau wie Thommy und ich den Ernst der Lage. Die Situation stand kurz vor dem Eskalieren. Margareth sprach in ruhigem Ton zu Mr. Hevelton: „Wissen Sie was, Mr. Hevelton ..., ich glaube, ich war heute Abend nicht besonders gut vorbereitet, und fühle mich schlecht, dass ich Ihre Wünsche, die für Sie zu einem Abendessen gehören, nicht erfüllt habe. Ich schlage vor, wir verschieben das Essen auf einen anderen Tag, an dem ich besser vorbereitet bin, es tut mir wirklich leid, Mr. Hevelton."

Albert hatte ihr aufmerksam zugehört, trat einen Schritt vor den anderen, bis er ganz nah vor meiner Mutter stand. Sein bösartiger Blick fixierte sie, er erhob den Zeigefinger und entgegnete: „Hat Ihnen Ihr Mann denn nicht beigebracht, dass es sich nicht gehört, Menschen erst einzuladen und sie dann wieder auszuladen?" Den letzten Teil des Satzes schrie er ihr entgegen. Margareth zitterte, er schubste sie, so dass ihr der Kochlöffel aus der Hand fiel.

„Es reicht jetzt!", schrie Thommy, ergriff ihn von hinten und zog ihn von Mama weg. Albert wehrte sich und verpasste Thommy einen Kinnhacken, sodass Thommy zu Boden fiel und er aus dem Mund blutete. Albert stürzte sich auf ihn, packte ihn an seinen Haaren und schleuderte ihn gegen unseren Türrahmen. Ich schrie vor Entsetzen, ich ergriff Albert, um ihn von Thommy loszureißen, pfiff nach Sammy, der oben schlief. Albert schlug mich mitten ins Gesicht, als ich versuchte, Thommy aus seinen Fängen zu befreien. Ich blutete. Es dauerte einen Wimpernschlag und Sammy war da. Albert ließ erst von mir los, als Sammy ihn in den Arm biss und Margareth ihm einen Küchentopf auf den Rücken schlug. Mr. Hevelton brüllte laut auf vor Schmerz. Schnell verpasste

Thommy ihm einen Tritt, so dass er vor die Tür stolperte, und verbarrikadierte hastig den Eingang. „Du kommst nach Hause, Junge, das wirst du mir büßen, ihr alle werdet es büßen, du kommst nach Hause oder bei Gott es wird was passieren."

Ich konnte mich kaum bewegen, ich befürchtete, dass meine Nase gebrochen war. Thommy half mir, aufzustehen und die Blutung zu stoppen. Er zitterte am ganzen Körper. Überall war Blut – in seinem Gesicht, an seinem Kopf, an meinen Händen. Margareth eilte zu uns. „Oh Kinder, was ist nur passiert? Wie konnte das passieren? Was habe ich getan?" „Es ist nicht Ihre Schuld, Mrs. Hartley." Er musste sich setzen, er war kalkweiß und zitterte immer noch. Obwohl mir selbst schwindelig war und ich fürchterliche Schmerzen hatte, half ich zunächst Mama dabei, Thommy zu stützen, um ihn auf das Canapé zu legen. „Es geht schon – wirklich, es ist nicht so schlimm", sagte er. Wir säuberten unsere Wunden. Ich verband Thommys Kopf mit einem Kissenbezug, den ich längs durchschnitt und ihm dann umwickelte. Es sah zunächst schlimmer aus, als es war – zumindest die körperlichen Verletzungen. „Thommy, hat dein Vater so etwas schön öfter gemacht, ich meine, dich geschlagen?" „Ich habe ja gesagt, er ist anders als andere Menschen und nicht gerne in Gesellschaft … Ja …, manchmal ..." „Oh Thommy, das geht doch nicht, du kannst nicht mehr zu ihm zurückgehen, er wird dir vielleicht wieder weh tun." „Grace, ich bitte dich, er ist mein Vater, ich kenne ihn, er hat sich jetzt erst einmal wieder für eine Zeit lang Luft gemacht und wenn er seinen Rausch ausgeschlafen hat, sieht die Welt wieder anders aus." „Das ist doch nicht dein Ernst? Du gehst wieder zu ihm? Er hätte dich umbringen können." „Grace, es tut mir unendlich leid, was er dir angetan hat, und ich bitte euch, dich und Margareth, auch Abstand von ihm zu nehmen, doch ich bin sein Sohn. Verstehst du das nicht?" „Natürlich, doch eben deswegen verstehe ich dich nicht, deinen Vater nicht, was soll das alles?" „Bitte, lass mich jetzt ausruhen, wir sollten beide versuchen, ein wenig zu schlafen, und morgen sieht die Welt schon wieder freundlicher aus ..."

Ich verstand ihn nicht, wie konnte er die Tatsache, dass er von ihm geschlagen wurde, einfach so hinnehmen und runterspielen? Es war mir ein Rätsel und ich wusste nicht, was ich tun konnte ...

Irgendwann schlief ich doch ein und als ich aufwachte, schmerzte mein Gesicht immer noch, die Schwellung war nicht zu übersehen. Es war ein Ereignis, das ich am liebsten aus meinem Gedächtnis gestrichen hätte.

Tage und Wochen ließen die Erinnerungen an dieses Geschehen verblassen ... Der Winter hielt größtenteils Einzug und die ein oder andere Schneeflocke machte sich bemerkbar. Eines Tages, es war ein Donnerstagabend, zogen schwarze Wolken über das sonst so herrlich friedvolle Land. Düster und kalt war es draußen, der Boden von einer Eisschicht und Schnee bedeckt. Margareth saß im Wohnzimmer, die Fenster klapperten durch den stürmischen Wind, sie fror. Mit einer Kanne Tee saß sie auf dem Canapé und schnäuzte sich die Nase. Ihr Husten war die letzten Tage schlimmer geworden, ihre Augen fiebriger als gestern. Ich fühlte ihre Stirn und war mir sicher, sie hatte Temperatur. Mit mühevoller Kraft versuchte sie aufzustehen und meinte, sie wolle in den Wald gehen, um Holz zum Heizen zu holen. Ungläubig sah ich sie an. „Auf keinen Fall gehst du in diese Eiseskälte raus, Mama." Draußen war es so frostig, dass von den Fenstern bereits Eiskristalle herabhingen. „Ich werde Holz holen." „Nein, Grace, ich mach das schon, es geht wirklich, wenn ich nur langsam laufe." „Nein", erwiderte ich forsch, „ich sehe doch, wie schlecht es dir geht, in deinem Zustand lasse ich dich nirgendwo hingehen!" Fester als ich wollte, drückte ich sie auf das Canapé zurück. „Ich nehme Sammy mit und wir werden das Brennholz holen." Ehe Margareth etwas sagen konnte, klopfte es an der Tür. Thommy kam und mein Herz machte einen Freudensprung. Es war bereits späterer Abend, doch Thommy kam noch einmal vorbei, da er sich besorgt nach Margareths Gesundheitszustand erkundigen wollte, nachdem sie den Nachmittag mit so heftigem Husten zugebracht hatte. Das war so lieb von ihm, dachte ich bei mir. „Leider geht es ihr noch nicht besser, Thommy, würdest du mich noch mit in den Wald begleiten, um Brennholz zu holen? Sie friert so." „Natürlich komme ich mit." Margareth bat uns, es sein zu lassen, da es scheußlich kalt und bereits dunkel war. Sie beteuerte, dass es sie gar nicht mehr friere. „Außerdem, Kinder, ich habe doch einen warmen Tee und werde ohnehin bald schlafen, es reicht morgen."

Das kam für mich nicht in Frage. Ich nahm Sammy an die Leine und Thommy an die Hand. Mit einem bestimmenden „Leg dich bitte ins Bett, Mama" und einem Luftkuss, den ich ihr rasch schickte, machten wir uns auf den Weg.

Von Minute zu Minute wurde der Himmel dunkler und der Wald war noch lange nicht in Sicht. Wir beeilten uns, soweit es uns möglich war, doch der Schneeregen, der schon den ganzen Tag über anhielt, hatte die Erde unter den Feldern und Wiesen zu einer rutschigen Schneemasse verwandelt, sodass es schwieriger als sonst war, durch sie hindurchzuwaten.

Nach einer Weile benahm sich Sammy auf einmal merkwürdig. Ich sprach zu ihm, er solle mit dem Bellen aufhören und das Ziehen an der Leine unterlassen. Er wollte nicht hören und ich gab Thommy die Leine. Selbst seine Stimme konnte unseren Gefährten nicht besänftigen. Es hatte aufgehört zu schneien, doch das Wetter wurde noch verrückter. Es donnerte heftig und in der Ferne konnte ich es am Himmel blitzen sehen. Im Moment eines kräftigen Donners riss sich Sammy los und rannte in die entgegengesetzte Richtung des Waldes. Gleich darauf kam er wie von Sinnen wieder zurück und jaulte, bellte noch lauter als zuvor. Ich hatte den Eindruck, er wolle uns zum Umkehren bewegen. Der Wind blies uns heftig um die Ohren und unsere Kleidung und Schuhe waren bereits ganz und gar durchnässt. Es gab keine Chance,

Sammy zu beruhigen. Schließlich sagte Thommy, dass er es wirklich für besser hielt kehrtzumachen. Widerwillig stimmte ich ihm zu und wir machten uns auf den Heimweg. Sammy lief voraus, wir Hand in Hand hinterher. Nach einer halben Ewigkeit und völlig durchgefroren, sahen wir endlich das Haus. Als wir unseren Atem und unseren Puls wieder reguliert hatten, verabredeten wir uns für morgen, um das Holz zu holen, in der Hoffnung, dass der Regen sich bis dahin einstellen würde.

Jetzt erst bemerkte ich, dass Sammy schon im Haus war. Wie hatte er die Tür geöffnet oder hatte ich sie zuvor schon aufgeschlossen? Hatte uns Margareth kommen hören? Thommy war bereits ein paar Schritte von mir entfernt, als ich nochmal rief: „Thommy, Thommy." Das Gewitter war so laut, dass ich meine eigene Stimme kaum hörte. „Thommy", rief ich ein drittes Mal. Ein unheimliches Gefühl überkam mich schlagartig, denn ich wusste, dass Margareth die Tür immer absperrte und stets zweimal kontrollierte, ob sie die Tür wirklich verschlossen hatte.

„Grace?", tatsächlich hatte er mich noch gehört und kam zurück. „Was ist denn?" Stocksteif und angsterfüllt stand ich vor der Haustür. Ich umklammerte seine Hand fest und stammelte: „Die Tür ist offen und das Fenster ist eingeschlagen." Ein kalter Schauer durchflutete mich. Thommy sah erschrocken und ungläubig zum Haus, starrte auf das eingeschlagene Fenster. Jetzt verstand auch er, dass etwas nicht stimmte. „Sei leise, Grace, ich gehe hinein und du wartest hier." Trotz Angst rannte ich ins Haus hinterher.

Kapitel 3
Erschütterung

Mama lag auf dem Küchenboden, reglos. Sammy wachte über sie und wimmerte. Sie war kreidebleich und hatte rote Schrammen im Gesicht. Thommy reagierte schnell und hob sie auf die Decke. Tränen liefen über mein Gesicht, „Oh Gott, Thommy, was ist das? Hat sie Blut an ihrem Kleid?"

„Mama, Mama", versuchte ich sie anzusprechen, aber sie reagierte kaum. Leise und schwach atmete sie. Ihre Hände waren eiskalt, Thommy holte alle Decken, die wir hatten, und setzte Wasser für eine Kanne Tee auf. Ich weinte und zitterte am ganzen Körper, während ich ihre Hand hielt.

Mit einem warmen Tuch wischte ich ihr über die blutigen Kratzer in ihrem Gesicht und an ihren Armen. Thommy verriegelte die Tür und versuchte, das Loch im Fenster mit einem Laken zu stopfen. Ich wollte Margareth fragen, was passiert war, mehrmals versuchte ich, mit ihr zu sprechen, doch sie war nicht ansprechbar. Thommy hielt es für das Beste, sie zunächst in Ruhe schlafen zu lassen. Obwohl ich wissen wollte, was passiert war, hatte er wohl recht. Thommy versprach, die Nacht bei uns zu bleiben. Ich war endlos erschöpft und eine furchtbare Angst quälte mich. Als wir sahen, dass sie ruhig schlief, zogen wir unsere vom Regen durchnässte

Kleidung aus. Thommy gab ich Hosen und ein Hemd von Papa. Die Sachen waren ihm deutlich zu groß, aber zumindest waren sie trocken. Thommy nahm mich in seine Arme, wir saßen neben meiner Mutter auf dem Boden und überlegten, was passiert sein konnte. Ich legte mich auf seinen Oberschenkel und er streichelte sanft meinen Kopf, immer wieder füllten sich meine Augen mit Tränen. „Grace, schlaf ein wenig, du musst keine Angst haben, Sammy und ich sind beide hier, es wird euch nichts passieren." „Ich kann nicht." Thommy holte das Geschichtenbuch, aus dem mir mein Vater als kleines Mädchen vorlas, wenn ich nicht schlafen konnte. Und er las und las, die ganze Nacht hindurch sich ständig wiederholend, die Geschichte von der Prinzessin, die die Welt verändern wollte, die die Welt lebenswerter machen wollte und die sich selbst finden wollte. Er und Sammy taten die ganze Nacht kein Auge zu, um Wache zu halten. Gegen frühen Morgen gelang es mir, kurz einzuschlafen.

Ein fürchterliches Gebrüll von draußen ließ
mich den herrlichen Sonnenschein, der mein
Gesicht beim Aufwachen wärmte, vergessen.
Es war Albert. Wieder und wieder rief er
Thommys Namen in einem Ton, der mir das
Blut in den Adern gefrieren ließ: „Thomas!
Thomas!" Er schrie und schrie ... „Du wirst
es bereuen, Thomas."
Thommy selbst erkannte den Ernst der Lage.
„Grace, ich muss gehen, ich werde wieder-
kommen." Ich war in großer Sorge, hatte
Angst um ihn, aber vielleicht würde es
Thommy gelingen, seinen Vater zu beruhi-
gen.

Als er weg war, dachte ich darüber nach, was
einen Vater dazu bringen konnte, sein Kind
zu schlagen. Warum? Was hatte Thommy ihm
getan? Oh ..., hoffentlich tut er ihm nicht weh
...

Margareth wachte langsam auf. Ich eilte zu
ihr und freute mich zunächst, doch als ich
sah, dass sie sich vor Schmerzen nicht

aufsetzen konnte, schnürte es mir die Kehle zu. Ich hatte sie noch nie so gesehen. Ihrem Gesicht fehlte jegliches Leben. Bleich und schmerzverzerrt sah sie mich an. Angsterfüllt und apathisch wirkte sie auf mich. Ich reichte ihr eine Tasse Tee, welche sie mit zitternder Hand ergriff. „Mama, was ist denn passiert, wer war im Haus?" Sie legte sich wieder auf das Kissen, so schwach lag sie vor mir und beteuerte trotzdem, dass alles gut sei und ich mir keine Sorgen machen sollte. „Mama, nein, sag mir, was passiert ist." „Grace, es war ein Mann hier, ich konnte ihn nicht erkennen, er wollte Wertgegenstände, ich erklärte ihm, dass wir nichts von Wert besitzen. Er glaubte mir nicht und wurde wütend. Dann hat er das Haus verlassen … Es ist nur der Schock ... Es geht mir schon bald besser, meine Grace, wirklich ..." „Und du weißt nicht, wer es war?" „Nein, sein Gesicht war verhüllt. Ich weiß nur, dass dieser Mensch sehr wütend war ..." „Mama, aber …" „Grace, bitte, lass mich ausruhen, mehr weiß ich nicht. Wenn du mir helfen möchtest, dann lass uns bitte nicht mehr davon sprechen. Ich brauche etwas Ruhe, okay?"

Verzweifelt und sorgenvoll erwiderte ich nichts, deckte sie zu und gab ihr einen Kuss.

„Mama, aber du weißt, wo ich bin, wenn du etwas brauchst, ja?" „Natürlich."

Somit ließ ich sie schlafen.

Sammy rollte mir immer wieder seinen Ball zu, es kam mir vor, als wollte er mich von meinen Sorgen ablenken. Ich grübelte ununterbrochen über die Identität des Eindringlings nach. Es muss ein Durchreisender gewesen sein. Irgendein Wilder ohne Vermögen, ein Vagabund, ein Gotteslästerer, ein ... Ich weiß es nicht ... Meine Gedanken drehten und wendeten sich in alle Richtungen und doch kam ich zu keinem Ergebnis. Sammy wich nicht von meiner Seite. Ich war von der letzten Nacht ziemlich erschöpft. Die Sonne schien wundervoll, der Regen hatte in den frühen Morgenstunden aufgehört und die warmen Sonnenstrahlen ließen den Schnee langsam tauen. Ich setzte mich auf unsere kleine Bank vor dem Haus und fiel in einen kurzen Halbschlaf, als ich plötzlich neben mir eine große helle Gestalt wahrnahm. Es war wie ein grelles Licht in einer Art Silhouette, welche flackerte und unförmig war, hinzu kam eine Stimme, welche weit weg und sehr leise war. Ich konnte sie weder jemandem zuordnen noch sagen, ob die Stimme aus dem Licht kam. „Du musst stark sein", lauteten die Worte. „Ihr geht es bald wieder besser ... Du wirst beschützt ..."

Erschrocken wachte ich auf und war mir zunächst nicht sicher, ob es ein Traum war, da es so real wirkte. Ich blickte mich um, in der Hoffnung, irgendetwas erkennen zu können, was dem Licht ähnelte, doch außer der Sonne sah ich nichts.

Am Nachmittag kam Thommy immer noch nicht, obwohl er es versprochen hatte. Dunkle Gedanken beherrschten mich fortwährend wegen Mama und Thommy. Ich stellte mir die schlimmsten Dinge vor ... Was, wenn Albert ihm nicht erlaubte zu kommen, wenn er verletzt ist, wenn ... Eine orkanartige Panik überkam mich, mein Körper zitterte, meine Hände waren schweißig … Was, wenn es Albert war, war er der wütende Mann? Oh Gott! Thommy ist vielleicht schwer verletzt und kommt deshalb nicht. Ich band Sammy die Leine um und machte mich auf den Weg zu den Heveltons. Als ich schon fast da war, fiel mir ein, dass ich Margareth, ohne etwas zu sagen, allein gelassen hatte und nicht einmal die Tür geschlossen hatte, sodass ich nochmal umdrehte. Mit schnellem Atem erklärte ich ihr, dass ich in zehn Minuten wieder da sein würde. Ich müsste nur kurz Thommy sehen. Erneut machte ich mich auf den Weg, doch unverhofft lief Thommy mir entgegen. Endlich. Hastig und voller Freude umarmte ich ihn. „Hast du Ärger mit deinem Vater bekommen, weil du letzte Nacht bei uns geblieben bist?" „Es war nicht so schlimm, nur musste ich ihm bis jetzt bei den Arbeiten helfen, deshalb konnte ich nicht eher kommen. Er schläft jetzt." Diese Antwort beruhigte mich zutiefst und gemeinsam eilten wir wieder ins

Haus. Ich wollte Margareth auf keinen Fall länger allein lassen …

Thommys Gedanken:

Mein Kopf schmerzte immer noch schrecklich, nachdem er mich gestern mit dem Kopf gegen den Ofen gedroschen hatte. Er schlug mich nicht einfach nur so, dass nach einem Moment des Schmerzes alles überstanden gewesen wäre, nein, er züchtigte und prügelte mich, bis ich beteuerte, dass es mir leidtun würde. Obwohl ich mir noch kein einziges Mal meiner Schuld bewusst gewesen wäre, lief es immer so, dass ich mich letztlich doch jedes Mal bei ihm reumütig entschuldigte und auf allen Vieren um Vergebung bat. Schmerzen zwangen mich jedes Mal, klein beizugeben. Ich war und bin nicht stolz darauf, manchmal hasse ich mich dafür, dass ich mich noch nie gegen ihn wehren konnte und es auch immer noch nicht kann. Das letzte Mal hatte es mehrere Wochen gedauert, bis ich mich von seinem Übergriff erholt hatte. Es war nichts Neues für mich, sondern etwas, mit dem ich gelernt hatte zu leben. Dennoch, nach jedem Mal bleibt etwas zurück, abgesehen von meinen Erinnerungen, mein Körper bleibt gebrandmarkt. Ich kann mich heute noch an die allerersten Hiebe erinnern. Sie werden ein Leben lang ein Teil von mir bleiben. Zu jeder Narbe auf meinem Körper kenne ich die entsprechende Situation, die als Auslöser dieser Strafe wirkte. Zum Glück hatte es diesmal nicht stark geblutet und die Striemen unter meinem Hemd blieben ihr Gott sei Dank verborgen.

„Weißt du, ich hatte ehrlich Angst um dich und wollte gerade nach dir sehen. Ich habe den ganzen Vormittag überlegt, wer Mama das angetan hat. Sie hat heute kurz mit mir gesprochen und sagte, sie hätte den Mann nicht erkannt. Er war maskiert und wollte uns bestehlen. Als sie ihm erklärte, dass wir nichts von Wert hätten, habe er die ganze Wohnung eben auf den Kopf gestellt. Als er tatsächlich die Suche aufgab, ließ er seine

Wut an ihr aus. Das war alles, was sie wusste." „Und sie hat keine Ahnung, wer es war?" „Nein, ich kann es mir nicht erklären. Als ich deinen Vater heute Morgen brüllen hörte, da dachte ich ... Na ja, das nächste Dorf ist so weit weg und es kommen hier so gut wie nie Leute vorbei, ich dachte ..." „Warte! Ich weiß, was du sagen willst, du denkst, er war es, richtig?" „Thommy, es tut mir leid, nur, es wäre möglich, oder? Nach allem, was du mir von ihm erzählt hast und wie er sich bei unserem Essen aufgeführt hat." „Oh Gott, steh mir bei, Grace, ich wage nicht, daran zu denken. Ich bete zu Gott, dass er es nicht war. Obwohl ich meinem Vater für sehr vieles die Schuld geben muss und er mich täglich seine Boshaftigkeit spüren lässt, glaube ich nicht daran! Ich glaube es wirklich nicht! ..." Da seine Worte so entschlossen klangen, wollte ich dieses Gespräch nicht weiter vertiefen und nahm seine Reaktion hin. Ich wollte den Nachmittag frei von Sorgen mit ihm verbringen … Nach diesem Gespräch herrschte eine Zeit lang Stillschweigen, dann kam ein zag hafter Annäherungsversuch von ihm, obwohl ich seinen Vater verdächtigte und nicht andersherum. Ich hätte mich um ein neues Gesprächsthema bemühen müssen, dachte ich, stattdessen machte er den Schritt, worüber ich sehr froh war. Ich schämte mich, dass ich ihm meine Befürchtung ohne Vorwarnung eröffnete. Trotz aller scheußlichen Geschichten war er immer noch sein Vater und es stand mir nicht zu, so zu denken, und schon gar nicht, es laut auszusprechen …

„Konntest du noch schlafen, nachdem ich heute Morgen weg war?" Ich erzählte ihm aufgeregt von dem merkwürdigen Traum. Durch die Aufregung und Angst um Thommy hatte ich den Traum beinahe vergessen. Detailliert kamen die Erinnerungen wieder und jetzt, als ich das Geträumte vor meinen Augen Revue passieren ließ, kam es mir noch absurder vor. Ich erwartete, dass er mich auslachen würde, denn eine abstraktere Geschichte als die meine hatte ich selbst noch niemals in irgendeiner Weise gehört. Aber Thommy lachte mich nicht aus. Im Gegenteil, aufmerksam hörte er mir zu und ließ mich ohne Unterbrechung erzählen. Alles, was er wissen wollte, war: „Hat dir dieses Licht oder diese Stimme Angst gemacht oder fürchtest du dich deswegen noch?" „Nein, es war seltsam …, es hatte etwas Beruhigendes an sich, ich kann es nicht erklären." „Es war ein Traum, Grace", dabei lächelte er mich an. Nachdem ich mein „Erlebnis" mit ihm geteilt hatte, dachte ich fortan nicht mehr darüber nach, denn Thommy war da und das war im Moment das Wichtigste …

Zusammen bemühten wir uns, die kaputten Stühle, die durch den Einbruch beschädigt worden waren, zu reparieren, genauso wie eine professionelle Abdichtung für das Fenster zu schaffen. Das mit dem Fenster klappte allerdings nicht und so blieb uns nichts anderes übrig, als in Foret Brun, unserem Nachbardorf, einen Handwerker zu beauftragen. Thommy würde mich morgen begleiten.

Mehrere Monate vergingen nach all diesen Ereignissen und es war uns möglich, an ein beinahe unbeschwertes Leben anzuknüpfen.

Es war mein Geburtstag im Mai, ein Frühsommertag wie aus dem Bilderbuch. Bereits früh war ich wach, da mich die lieblich singenden Vögel sanft weckten. Ein zuckersüßer Duft lag in der Luft. Als ich aufstand, war Margareth dabei, meinen Lieblingskuchen zu backen. Zum Frühstück schon Kuchen, das gab es nur einmal im Jahr, eben zu meinem Geburtstag. Während der Teig noch im Ofen blieb und Mama die Sahne schlug, richtete ich mich her. Als ich später die Treppe herunterging, stand der Apfelkuchen schon herrlich anzusehen auf dem Tisch. Ich pustete die Kerze aus, welche mittig des Kuchens liebevoll gesteckt war, und wünschte mir etwas. Voller Freude umarmte ich Mama, sie gab mir lächelnd einen Kuss. Gemeinsam aßen wir jeder ein Stück. Für Thommy bewahrte ich eines für später auf. Als Margareth dabei war, den Tisch abzuräumen, blieb sie mit ihrer Schürze an einem unserer Küchenstühle hängen, sodass sie stolperte und zu Boden fiel. Schnell half ich ihr auf, dabei verrutschte ihr Kleid, sodass ich ihren Bauch sah, der runder war als sonst. Beim Aufstehen krümmte sie sich vor Schmerzen und versuchte, ihren Bauch vor mir zu verstecken ... Ich war zutiefst erschrocken, mir wurde schlecht, ich war fassungslos. Schreckliche Vorstellungen und Bilder durchkreuzten meine Gedanken: Die Nacht, wo sie, das Blut, die Schrammen und Kratzer und die Würgemale … Oh Gott ..., oh Gott ..., nein, das kann nicht sein ... Mein Magen krampfte sich zusammen, mein Herz drohte herauszuspringen, alles drehte sich. Stücke des Apfelkuchens erreichten meine Speiseröhre. Ich rannte, so schnell ich konnte, zur Retirade und übergab mich. Als dann nach einigen Minuten nur noch Galle kam, kniete ich mich bitterlich weinend vor den Eimer. Ich hielt ihn so fest, als ob er mir Halt geben könnte. Der Gestank des Erbrochenen widerte mich an. Ich schluchzte leise, obwohl ich laut schreien

wollte, doch Margareth sollte es nicht mitbekommen. Eine ganze Weile saß ich da, nicht
in der Lage, mich zu bewegen …

Kurze Zeit später stand Thommy vor der Tür,
denn ich hörte ihn, als er Mama begrüßte.
Rasch wischte ich mir die Tränen weg und
spülte meinen Mund mit Wasser aus, dann
ging ich runter. Mit einer liebevollen Umarmung gratulierte er mir zum Geburtstag. Ich
glaube, er bemerkte, dass ich geweint hatte,
glücklicherweise sprach er mich nicht darauf
an. Im Gegenteil, er setzte sein strahlendes
Lächeln auf. Thommy wusste, dass ich mich
ihm anvertrauen würde, wenn ich es wollte,
und er tat sein Bestes, mich auf schöne Gedanken zu bringen. Nachdem er seinen Kuchen gegessen hatte, beschlossen wir, das
milde Wetter zu genießen, und er wollte mir
etwas in der Nähe des Waldes zeigen.

Er führte mich an einen See. Unter ein paar
Blättern und Ästen holte er ein Floß und Pad-
del hervor. Ich staunte – mit solch einer
Überraschung hatte ich nicht gerechnet.

„Gefällt es dir?", wollte er wissen. „Das ist toll, hast du es allein gebaut?" „Natürlich, für uns, wollen wir es ausprobieren?" „Aber ja!" Vorsichtig holten wir das Floß hervor und trugen es bis zum Ufer des Wassers. Thommy half mir beim Aufsteigen. Etwas wackelig hüpfte ich auf das Floß, Thommy folgte mir. Langsam schipperten wir über den kleinen See, das Wasser glitzerte im Sonnenschein wie Edelsteine. Die Luft war so klar, ich atmete sie tief ein und spürte, wie sich meine Lungen weiteten. Mit all meinen Sinnen versuchte ich, diesen Moment, der mir wie ein Ausbruch in eine andere Welt erschien, auszukosten. Es roch nach blumiger Luft, der sanfte Wind musste die Blumensamen bis zu uns in den Wald getragen und sie über dem Wasser verteilt haben. Die Sonne strahlte in ihrer herrlichsten Pracht. Keine Wolke war am Himmel zu sehen. Wir beobachteten Vögel sich am Ufer baden und ihre Jungen versorgen, wir genossen die Tierlaute, die uns umgaben. In der Ferne konnten wir einen Uhu hören. Frisches Gras gedieh saftig am

Rande des Wassers zwischen dem Schilf und
Hasen hoppelten freudig in unserer Nähe. Es
war wie ein kleines Paradies und ich wünschte, dass dieser Tag nie vorübergehen würde.
Es war eine wunderschöne Seetour, die bis
Spätnachmittag dauerte. Nachdem wir wieder
an Land waren, entdeckten wir eine riesengroße Eiche, unter welche wir uns setzten
und die uns Schatten spendete, denn die Sonne war noch hoch am Himmel. Ich befürchtete, dass sich morgen bei uns beiden sicherlich
ein Sonnenbrand bemerkbar machen würde.
Er holte etwas aus seiner Brusttasche hervor
und sagte: „Mach die Augen zu, Grace." Als
ich sein „Okay" bekam, öffnete ich sie wieder und sah eine Kette mit schmalem Anhän-
ger, die er mir um den Hals gehängt hatte. In
der Mitte war ein Herz eingraviert, welches
goldfarben glänzte. Als ich es näher betrach-
tete, sah ich, dass das Medaillon oben geöffnet werden konnte. Beim Aufklappen entdeckte ich eine kleine Locke, die Thommys
war. Ich staunte vor Freude. Es war das bezauberndste Geschenk, das ich je bekommen

hatte, und Thommy sagte: „Das ist, damit du immer eine Erinnerung an mich hast, du darfst es nie abnehmen!" „Ich verspreche es! Tausend Dank, Thommy!" Ich schenkte ihm im Gegenzug einen Kuss auf seine Wange. Schöner hätte dieser Tag nicht sein können. Thommy gelang es, dass ich für einige Stunden die Sorgen um Margareth vergaß. Wir waren erst spät am Abend zu Hause. In Vorfreude auf den morgigen Tag wünschten wir einander eine gute Nacht. Jedoch, kaum dass ich einen Fuß ins Haus setzte, rückte die verdrängte Erinnerung von heute Morgen in mein Gedächtnis vor und Mama lief mir entgegen, sie wirkte nervös. „Wo warst du so lange, ich habe mir Sorgen gemacht, du hattest dich nicht einmal verabschiedet." „Du hast doch gesehen, dass Thommy mich abgeholt hat. Heute war es vielleicht nur ein wenig länger als sonst, schließlich habe ich auch Geburtstag", entgegnete ich ihr gereizt, denn eine schreckliche Wut auf sie brannte in mir. War ihr wirklich nicht bewusst, dass ich ihre Situation heute erkannte? Wollte sie so tun, als sei nichts gewesen, als hätte sie mich nicht Monate lang angelogen? „Habe ich dir etwas getan? Du wirkst ärgerlich." „Oh nein, wieso sollte ich?", antwortete ich ihr hässlich … „Etwa, weil du mir Monate lang verschwiegen hast, dass du ein Kind erwartest, und du dachtest, es vor mir verheimlichen zu können? Ich gratuliere dir, bis heute Morgen ist es dir tatsächlich außerordentlich gut gelungen, mich zu täuschen, aber bis wann dachtest du, deine Lüge aufrechterhalten zu können?" „Grace, ich ..." „Nein, ich will nichts hören, daran ist jetzt nichts mehr zu ändern, du hast mich getäuscht, wir wollten immer ehrlich zueinander sein, weißt du noch? Papa, du und ich. Du sollst nicht lügen oder stehlen ... Dieses ganze Gerede habt ihr mir immer wieder und wieder gepredigt. Ich habe mich stets daran gehalten – und du?" „Bitte Grace, lass mich ausreden, ich habe es selbst erst spät bemerkt und ich wusste nicht, wie ich es dir sagen sollte, seit Wochen quäle ich mich mit dieser Frage. Meinst du etwa, mir ist es leichtgefallen? Meinst du etwa, ich habe das gerne gemacht? Glaubst du, ich wollte dir davon erzählen, wie es dazu kam? Nein, denn ich fürchte mich immer noch selbst vor den Bildern, die meine Erinnerung hervorruft! Ich liege nachts wach, schweißgebadet, angsterfüllt und meinen Verstand fragend, ob es wirklich passiert ist." „Was ist passiert, Margareth, was?" „Was soll ich dir sagen, wie meinst du ist das passiert, Grace? Du kannst dir meine Angst nicht vorstellen, die ich hatte ..." „Nein, Mama …, ich … Meine Gedanken sind völlig durcheinander und ich wage meiner Vermutung, die sich gedanklich meiner annimmt, nicht zu folgen, weil ich es nicht glauben will!" „Oh Grace, ich will mehr als alles andere, dass du mich verstehst! Warum ich es dir verheimlicht habe? Aus zwei Gründen, wobei der erste Grund der wichtigere war. Ich wollte nicht, dass du vor Sorge verzweifeln würdest, der zweite Grund meiner Verschwiegenheit war, dass ich glaubte, wenn ich es niemandem erzählen würde, könnte ich es auf eine Weise ungeschehen machen. Vor allem war ich mir selbst seit dem Vorfall unsicher, ob ich dieses schreckliche Ereignis wirklich erlebt habe oder mir zu diesem Zeitpunkt das Fieber einen Streich spielte. Doch dann nach mehreren Wochen blieb meine Blutung aus und schon an diesem Punkt machte sich dunkle Gewissheit breit, die ich aber nicht für real halten wollte. Was sollte ich dir denn sagen?" Mama hatte Tränen in den Augen und ich begriff, dass meine Vermutung leider Gottes richtig sein musste. Ich wollte nicht, dass sie noch weiterredete, da ich sah, wie schlecht es ihr dabei ging, und ich all ihre schrecklichen Erinnerungen wachrief. „Mama, du musst nicht weiterreden", ich sprach in einem viel sanfteren Ton, als ich zuvor mit ihr gesprochen hatte, doch sie hielt nicht an. Ein gewaltiger Schwall verdrängter Tränen brach aus ihr heraus: „Was denkst du denn, was hätte ich dir erzählen sollen, etwa, dass er mich benutzt hat, dass er mir wehgetan hat und nicht aufhörte, auch nicht, als ich schrie vor Schmerzen, vor Angst, vor Ekel, als ich um Hilfe rief und mich niemand hörte, nicht mal als ich ohnmächtig wurde, denn sonst wäre ich jetzt nicht … Oh Gott, Grace." Völlig aufgelöst und voller Trauer und schambehaftet schrie sie: „Ja, ich wurde vergewaltigt!" Mama brach weinend zusammen. Ich fing sie auf, ehe sie zu Boden stürzen konnte, und hielt sie fest in meinen Armen. Auch ich konnte meine Tränen jetzt nicht mehr zurückhalten und bedauerte es zutiefst, sie zu diesem Gespräch gezwungen zu haben. „Mama, Mama, ist schon gut." Wir hielten uns fest in den Armen und saßen auf dem Boden. „Mama, es tut mir so leid, dass ich so gemein war, und ich, ich wollte es nicht glauben, Mama, es tut mir so leid und auch, dass ich nicht da war, ich hätte es verhindern können." „Oh nein, Grace, Gott behüte, ich danke ihm jeden Tag, dass du nicht da warst! Wer weiß, was noch alles passiert wäre. Nein, es war ein Segen, dass du nicht da warst." „Hör zu", sagte ich zu ihr, „wir schaffen es gemeinsam, Mama, du musst diese Last jetzt nicht mehr allein tragen, gemeinsam schaffen wir das, okay?" Ich schluchzte: „Entschuldige bitte, aber ich muss dich das nochmal fragen: Du weißt nicht, wer es war?" „Nein, ich weiß es nicht ..." Ich sah in ihre verzweifelten angsterfüllten Augen. Und sie sprach: „Ich weiß nicht, was ich tun soll, Grace ..., ich wünschte, das Baby wäre tot. Wie soll ich es jemals lieben können!? Es wird mich immer an diese Nacht erinnern, in der ich vor Angst gelähmt war und vor Schmerzen schrie und schrie und niemand kam ... Ich werde es hassen! Oh Grace, wie ich deinen Vater vermisse, er fehlt mir so." Sie weinte und weinte. Sie war völlig außer sich, sie hielt ihre Hände vor ihr Gesicht, als würde sie es vor mir aus Scham verstecken wollen. Sie brach zusammen und beide saßen wir auf dem Boden im Wohnzimmer, Margareth ihr Gesicht verhüllt in meinem Schoß. Ich streichelte sie und bat Gott, ihr Leiden zu lindern. Ich bat ihn inständig, mir zu helfen, damit ich ihr helfen konnte. Ich hoffte, dass der Ausbruch der Tränen ihr ein wenig Last von der Seele nehmen würde. Als ich immer noch ihr schönes braunes Haar streichelte, sagte ich ihr: „Ich vermisse Papa auch sehr oft. Mama ..., versuche dich selbst mit *seinen* Augen zu sehen. Für ihn warst du eine Frau, in der er Stärke und Weisheit sah, eine Frau, die immer das Richtige getan hat, die immer Antworten wusste, er hat dir vertraut, mehr als sich selbst, und ich glaube, er würde dir sagen, wenn jemanden solch ein dunkles Schicksal ereilt, wärst du einer der wenigen Menschen, der wüsste, eine Lösung zu finden. Du bist ein Mensch, der aus allem Schlechten über sich selbst hinauswachsen kann und der die Kraft und die Liebe in sich trägt, die dir dabei helfen werden." Sie erwiderte nichts darauf und ich hoffte, beruhigende und Mut machende Worte gefunden zu haben. Diese Nacht schliefen wir zusammen in ihrem Bett, denn ich spürte, dass sie sich so weniger allein fühlte. Ich lag die halbe Nacht wach und ließ unser Gespräch Revue passieren. Ihre schmerzverzerrten Worte klangen in meinen Ohren nach, hallten in meinem Kopf wie ein Echo wider und wider. Ihre Angst war auch meine und ich konnte mich in ihren Gemütszustand hineinversetzen, als wäre es mir selbst passiert. Ich wollte es mir nicht vorstellen, den Moment, in dem es geschah, wie es geschah, doch egal, wie sehr ich mich auch gegen die aufkommenden Gedanken und Bilder in meinem Kopf zu wehren versuchte ..., es war vergebens ... Was sie für Ängste ausgestanden haben muss, wie sie sich immer noch fühlen muss ... Oh Gott ..., warum ist das geschehen? Ich versuchte mir meinen eigenen Rat, den, daran zu denken, was Papa gedacht oder getan hätte, zu Herzen zu nehmen, doch es war leichter gesagt als getan. Dabei war ich mir nicht einmal sicher, welche Lösung er gehabt hätte. Vermutlich hätte er alles in Bewegung gesetzt und diesen schrecklichen Menschen ausfindig gemacht und dem Leben dieses Teufels ein Ende gesetzt. Aber selbst, wenn er das getan hätte, wäre immer noch die Frage gewesen, was mit diesem Kind geschieht. Hätte er die Kraft und Liebe gehabt, es wie sein eigenes anzusehen? Es zu beschützen und zu behüten? Ich weiß es nicht. Hätte er es ins nächste Dorf gebracht und es bei reichen Menschen ausgesetzt?

Ich habe keine Ahnung. Eine Lösung wäre es, so nach der Geburt zu handeln. Vielleicht sollte ich mit Mama über diese Option sprechen, doch ihre seelischen Verletzungen würde das dennoch niemals heilen können. So wälzte ich mich von links nach rechts, die ganze Nacht hindurch.

Ich stand bereits um fünf Uhr auf und las, in der Hoffnung, auf andere Gedanken zu kommen. Als ich aber merkte, dass ich mich auf keinen Buchstaben konzentrieren konnte, ging ich vors Haus. Die Sonne ging auf und ich bekam einen eindrucksvollen Sonnenaufgang zu Gesicht, welchen ich auf mich wirken ließ. Ich nahm es als Geschenk wahr. Er erschien in gelbgoldenen, königsblauen und pudrigen Rosatönen vor mir, dazu lag ein angenehmer Geruch in der Luft. Wenn Hoffnung einen Geruch hätte, würde ich ihn der Morgenluft zuordnen. Ich überlegte, ob ich undankbar war. Die Welt bringt jeden Tag wundersame Dinge zum Vorschein ohne jegliches Zutun von uns Menschen, und das

wollte ich beibehalten – die Dankbarkeit für
die kleinen Dinge, wofür ich nicht einmal etwas tun musste, die da waren und darauf war-
teten, dass wir, die undankbaren Menschen,
sie bemerken.

Am Morgen war es schon früh heiß, es war
das ideale Badewetter und ich plante, den Tag
wieder mit Sammy und Thommy am See zu
verbringen. Ich wollte mich Thommy anvertrauen, vielleicht hat er einen Rat, wie wir
Mama helfen könnten, ehe ich mit ihr über
den Vorschlag, das Kind wegzugeben, spre-
che.
Sorgfältig packte ich meine Badetasche mit
Obst und Trinken, schaute auf die Uhr – zehn
Uhr, er würde sicher gleich kommen, doch es
verging eine Stunde ohne sein Erscheinen. Es
beunruhigte mich, da er normalerweise stets
zur gleichen Zeit kam. Ich ging hinaus auf
die Veranda und spähte zu dem Haus der
Heveltons, doch weder Albert noch Thommy
war zu sehen, sodass ich die Zeit nutzte, um
mit Sammy zu spielen. Als es vier Uhr am

Nachmittag war, überlegte ich, zu ihm zu gehen, dann klopfte es an der Tür. „Thommy, endlich, da bist du ja, wo warst du?" Als ich ihm in die Augen sah, trübte sich meine Freude abrupt. Er sah blass und traurig aus. Tränen spiegelten sich in seinen hellgrün leuchtenden Augen, sie füllten sich mit Wasser, so dass ihm eine Träne die Wange herunterlief. „Was hast du?", fragte ich ihn besorgt und drückte ihn sanft an mich, umarmte ihn, hielt ihn fest, sodass ich seinen schnellen Herzschlag spürte. Er hatte noch nicht auf meine Frage geantwortet. Ich streichelte ihm über sein lockiges, weiches Haar, atmete seinen Geruch ein und stellte ihm noch einmal die Frage: „Was ist los?"

Wir setzten uns nebeneinander auf die Treppe vorm Haus. „Du bist so blass, ich hole dir ein Glas Wasser", denn ich befürchtete, dass er mir umkippte, so schneeweiß wie er war. Er trank das Glas in einem Zug aus und stellte es zur Seite, dann nahm er sanft meine Hände. Ich bemerkte, dass es ihm schwerfiel zu sprechen. Mit zitternder Stimme fing er an zu erzählen …

„Grace, ich hatte gestern Abend eine Unterredung mit meinem Vater. Er hat hier nicht mehr genügend Arbeit, er ist mit den Feldarbeiten schneller fertiggeworden, als er zu Anfang dachte. Er möchte morgen von hier weggehen, um an einem anderen Ort nach Arbeit suchen zu können."

Ein Gefühl der Angst nahm meinen Körper in Besitz, Hitze stieg mir in den Kopf, obwohl ich gleichzeitig schauderte. Nervös lief ich die Veranda auf und ab. Unsicher und sorgenvoll wollte ich wissen, ob er dann auch weggehen würde, und er entgegnete mir: „Grace, er ist mein Vater. Ich bin nicht mal volljährig und selbst wenn, würde er es nicht zulassen, dass ich hier bei dir bleibe. Wir wissen beide, dass das, was er bestimmt, durch nichts und niemanden zu ändern ist." Einen Moment dachte ich, mein Herz würde stehenbleiben. Ich wollte etwas sagen, doch mein Mund konnte keine Worte sprechen. Es war, als hätte man mir mit voller Wucht in den Magen geschlagen, ich rang nach Luft, stand auf, in der Hoffnung, so meinen Kreislauf am Zusammenfallen zu hindern. Ich atmete hastig ein und aus, alles drehte sich, ein unbeschreiblicher Schmerz schien mich von innen zu erdrosseln. Mir wurde nur noch schwindeliger und ich setzte mich wieder auf die Treppe. Für einige Minuten ließ ich mein Gesicht in meine Hände fallen und atmete die klare Luft ein. Ich war bemüht, meine Gedanken zu ordnen, wollte verstehen, was er mir gerade gesagt hatte. Die nächsten Minuten saß ich wie erstarrt neben ihm, blickte auf die Gerstenfelder, die mir jetzt so unwirklich erschienen. Erinnerungen drängten sich auf an Tage, die jetzt verloren waren. Ich starrte weiter auf die Felder. Auch Thommy war reglos und sagte kein Wort. Ich beobachtete die vorbeiziehenden Vögel am Himmel und fragte mich, ob es nicht zu früh sei, um an einen wärmeren Ort zu fliegen, schließlich würde der Sommer gerade erst beginnen.

Dann brach es aus mir heraus, verzweifelt und ihn anflehend, kniete ich mich vor ihm nieder und hielt mich an seinem Hemd fest: „Das geht nicht, Thommy … Wie soll das gehen? Du darfst nicht weg von hier, nicht weg von mir und Sammy ist auch noch da. Wie soll das gehen? Ich meine, du darfst nicht fortgehen. Du willst mich allein lassen, ja!?" Ich weinte bitterlich. „Das darfst du nicht! Bedeute ich dir denn gar nichts?" Er nahm mich in seine Arme, um mich zu beruhigen. Auch er konnte sein Weinen nicht unterdrücken. „Glaubst du wirklich, was du da sagst, Grace? … mir diese Frage zu stellen? Du hast überhaupt keine Vorstellung, wie sehr du mein Herz berührst, wie viel du mir bedeutest, wie glücklich ich bin, dich jeden Tag lachen zu hören, mit dir Zeit verbringen zu dürfen." Er atmete zitternd aus, dann tief ein und dann … „Wie sehr ich dich liebe. Oh Gott, Grace, bitte beschäme und verletze mich nicht mit deinen Gedanken und Worten. Du bist mein Licht, das mich den Schmerz heilen lässt, du bist Hoffnung und Seligkeit, mein

Frieden. Du bist die Wahrheit und das Glück.
Oh, wie ich mich dir verbunden fühle." Er
streichelte mir zart übers Haar.

Eine Zeit lang saßen wir eng umschlungen
da. Meine Tränen durchnässten seine Hemds-
chultern. Weder er noch ich sagten etwas. Wir
saßen beide da und weinten wie Sterbende.

Nach einer Weile hörte ich ihn erneut tief ein-
und ausatmen, als wenn er versuchen wollte,
sich zu sammeln. Sachte löste er unsere Umarmung und sagte: „Du bist das einzig Wich-
tige für mich. Ich weiß, ich bin nur ein einfa-
cher Junge, habe keinen Besitz oder irgendeine Aussicht darauf, dir ein Leben in prächti-
ger, sorgenloser Verschwendung zu bieten.

Mir steht eine ungewisse Zukunft bevor, aber
Grace ..." Dabei drückte er meine Hände fest.
„Flieh mit mir! Flieh mit mir und wir werden
gemeinsam ein Zuhause finden! Das Wichtigste ist doch, dass wir zusammen sein können." Das sagte er ernst und entschlossen.

Alles fühlte sich fremd und falsch an, die
ganze Situation. Ich fühlte mich außerhalb
meines Körpers, außerhalb meines Seins.

Geschah das alles wirklich, hörte ich ehrlich diese Worte aus seinem Mund? Begriff ich, was er meinte? Ich konnte nicht klar denken. Der einzige Gedanke, der sich deutlich zeigte mit einem starken Gefühl von Angst, war, dass ich ihn jetzt womöglich das letzte Mal sehen würde. Jetzt und hier, so wie wir sind, mit allem, was wir waren. Er fügte hinzu: „Es gibt für mich keinen Ort, an dem ich ohne dich glücklich sein könnte, und keinen Ort mit dir, an dem ich nicht glücklich sein könnte."

Es war mir nicht möglich, mich zu besinnen, der Gedanke daran, ihn heute das letzte Mal zu sehen, nahm mir die Luft zum Atmen. Ich hatte schreckliche Angst. Wieder erschienen mir die Erinnerungen unserer vergangenen Tage und ich wusste, ohne diesen Menschen, den ich rein „zufällig" damals beim Spazierengehen traf, ohne diesen Menschen würde mein Himmel auf Erden zur Hölle werden. Ich vergaß alles andere und erklärte ihm: „Wir treffen uns heute Abend um sieben Uhr, ich warte auf dich bei der Kirche."

Kapitel 4

Ein gescheitertes Vorhaben

Ich packte nur das Nötigste in meine Tasche, Margareth schlief, als ich mich aus dem Haus schlich. Das Herz war mir unendlich schwer. Sammy folgte mir noch bis zu Tür, Tränen liefen an meinen Wangen herunter. Er wollte bellen, doch ich ermahnte ihn, wieder in seinen Korb zu gehen, und er gehorchte. Noch einmal blickte ich zu Mama und sagte ihr in Gedanken: „Ich liebe dich!" ..., ehe ich die Tür hinter mir schloss. Ich lief, so schnell ich konnte, zu unserem vereinbarten Treffpunkt, denn um keinen Preis der Welt wollte ich ihn verpassen.

Rechtzeitig kam ich an der Kirche an, Thommy erwartete mich bereits. Er schloss mich in seine Arme und hielt mich einige Minuten fest, wir nahmen uns an den Händen und rannten los. Über die Blumenwiese, durch die Gerstenfelder hindurch, an unserer Hütte vorbei, tief und tiefer in den Wald, den wir, um das nächste Dorf erreichen zu können, durchqueren mussten. Selbst der Regen konnte uns nicht aufhalten. Nachdem wir einige Stunden unterwegs waren, der Regen aufhörte und sich die Dämmerung schon längst in Nacht verwandelt hatte, blieb ich stehen. Ich fühlte mich furchtbar erschöpft. Auch Thommy war müde und so zügelten wir unser Schritttempo. Daraufhin gelangten wir an einen großen Baum, der uns gerade recht kam, und wir entschieden uns, hier unser Nachtquartier aufzuschlagen, um ein paar Stunden rasten und ruhen zu können. Wir brauchten Kraft für den kommenden Tag. Thommy nahm mich in den Arm und ich schmiegte mich an seine Brust, sodass ich seinem Herzschlag lauschen konnte. Ich zitterte. Es war nicht besonders kalt, wir hatten schließlich fast Sommer, doch die Angst und die Erschöpfung setzten mir zu. Ich glaube, er bemerkte es und streichelte mir sanft übers Haar. Mit jedem weiteren Zucken hielt er mich noch fester in seinen Armen. Fortwährend quälte mich ein schlechtes Gewissen gegenüber Thommy, dass ich seinen

Vater beschuldigt hatte, an Mamas Unglück schuld gewesen zu sein. Damit war ich damals zu weit gegangen. Trotz der gewalttätigen Art seines Vaters gab es mir nicht das Recht, das zu behaupten. Ich wollte es mir von der Seele sprechen: „Thommy, ich wollte dir sagen, dass es mir leidtut, dass ich deinen Vater wegen Mama verdächtigt habe, es stand mir nicht zu." Verständnis- und liebevoll sah er mich an und entgegnete: „Nach dem, was du von Albert mitbekommen hast, ist es dir kaum zu verübeln, daran gedacht zu haben. Es ist schon in Ordnung, Grace, ehrlich." Ich war froh, es ihm gesagt zu haben, und konnte so mein Gewissen erleichtern. Dass er so verständnisvoll war, bedeutete mir viel.

Ich dachte an „zu Hause", ob Mama schon bemerkt haben würde, dass ich weg war. Unweigerlich kullerte mir eine Träne herunter. Ein Tropfen berührte seine linke Hand. „Thommy, kannst du dich noch an deine Mutter erinnern, ich meine, kennst du Geschichten von ihr, weißt du, wie sie war oder aussah?", wollte ich wissen. „Persönliche Erinnerungen habe ich nicht an sie, ich war ja ein Baby, als sie starb nach meiner Geburt ... Ich weiß, dass ihr Name Olivia war und sie ein warmherziger Mensch gewesen sein muss, so erzählten später zumindest einige Leute in der Nachbarschaft." „Glaubst du, dein Vater hat sie gut behandelt, also besser als dich?" „Ich habe einmal ein Bild gesehen von Albert und Mama, sie standen vor unserem alten Haus in England und waren beide noch sehr jung. Sie sahen glücklich aus. Meine Mutter war eine wunderschöne Frau. Leider habe ich das Bild nie wiedergefunden, ich hätte es dir gerne gezeigt. Mein Vater hat alles, was mit ihr zu tun hatte, aus unserem Leben verbannt. Ich glaube, er hat sie sehr geliebt." „Meinst du, er hat dir die Schuld an ihrem Tod gegeben? Ich meine, woher rührt sein Hass auf dich?" „Grace, ich weiß es nicht!" „Es tut mir leid, Thommy, ich wollte dich nicht noch trauriger machen, nur, du hast nie von ihr erzählt und ..." „Ist schon gut,

Grace ..." Ohne mehr hinzuzufügen, fing er an, mir eine Geschichte zu erzählen.

Thommy war unglaublich einfühlsam und aufmerksam, er erzählte so lange von wundersamen Märchen und Abenteuern, bis die Erschöpfung über meine Gedankenwelt siegte und ich letztlich unter seiner Obhut einschlief …

Thommys Gedanken:

Ich küsste ihre Stirn, als ich bemerkte, dass sie eingeschlafen war, dann blickte ich zum Himmel, der mit Sternen übersät über uns strahlte, und ich fragte mich, was wohl aus uns werden würde ..., ob es jemanden oder etwas gibt oder geben wird, der unsere Geschichte kennen würde. Ich fragte mich auch, ob unser Vorhaben richtig ist, ob ich Grace ein glücklicheres Leben schenken könnte, als sie es ohne mich bei ihrer Mutter haben würde … Doch dann blickte ich neben mich und sah das bezauberndste und reinste Geschöpf in meinen Armen liegen, was mich jegliche Zweifel vergessen ließ ...

Es war früher Morgen – die Sonne ging
gleich auf. Es war der Tag, an dem ich alles
verlieren würde, mein ganzes Leben ... die
schlimmste und grausamste Entscheidung,
die man sich vorstellen konnte …
Thommy schlief noch, ich war außer mir,
sprang auf und war einem Nervenzusammen-
bruch nahe. Obwohl ich ihn nicht wecken
wollte, so lieb und friedvoll wie er neben mir
lag ... Ich wünschte, es nicht tun zu müssen.
Doch ich weckte ihn unsanft durch mehrmali-
ges Rütteln an seinem Arm. Brennend füllten
sich meine Augen mit salzigem Wasser und
Tränen bahnten sich ihren Weg nach außen.
Schluchzend riss ich ihn aus seinem seligen
Schlaf, um ihn zu bitten, mit mir umzukeh-
ren. Ich ignorierte meine Gefühle für ihn, obwohl ich wusste, dass ich mir das niemals
verzeihen würde … Doch es gab noch etwas,
was ich mir niemals hätte verzeihen können
… Es quälten mich unaufhörlich furchtbare
Gedanken. Ich wusste nicht, wie wir es beide
allein schaffen sollten ... Wo sollten wir

leben, wie sollten wir uns ernähren, wo sollten wir hin? Was sollte nur aus uns werden? Aber vor allem fühlte ich mich für meine Mama verantwortlich, die das ungeborene Kind unter ihrem Herzen trug … Ich dachte an Albert und was er Thommy antun würde, wenn er erst etwas von unserer Flucht bemerken würde, er würde uns eines Tages finden und ihm womöglich etwas noch Schlimmeres antun. Margareth würde vor Trauer, mich nie mehr zu sehen, allein gelassen mit dieser Bürde zugrunde gehen. Ich hatte ihr versprochen, für sie da zu sein … Hätte ich nur all diese Gedanken und Stimmen in meinem Kopf zum Schweigen bringen können, sie ausblenden können. Gott ..., dachte ich ..., was sollte ich nur tun? Thommy sah mich erschüttert an, ungläubig, verwirrt und verständnislos. Er suchte nach Worten.

Thommys Gedanken:

Waren das ihre Worte? War das wirklich und wahrhaftig ihr Wunsch? Ich war voller Angst und Verzweiflung. Auch ich hatte berechtigte Sorgen, doch mit ihr an meiner Seite war ich mir sicher, dass wir glücklich werden könnten, wir würden eine Lösung finden, ganz gewiss! Alles – solange wir nur zusammenblieben. Mit zittriger Stimme, aber ruhigem Ton, der gefasster klang, als ich es tatsächlich war, fragte ich sie: „Bist du dir sicher?" Weinend entgegnete sie mir: „Ja." Ich war niedergeschmettert, elend, wütend auf mich, wütend auf das Leben, wütend auf die Welt, den Himmel. Wütend und elendiglich – am Ende meiner psychischen Kräfte ... Doch wenn es wirklich das war, was sie wollte ... Alles, was ich mehr wollte, als selbst glücklich zu sein, war, dass sie es war …

„Ja", antwortete ich ihm. Niedergeschlagen mit einem Gefühl der Leere im Herzen, welches sich wie Ersticken anfühlte. Er ergriff meine Hand und trat, ohne ein weiteres Wort zu verlieren, schweren Herzens mit mir den Rückweg an ...

Es regnete in Strömen, blitzte und donnerte furchteinflößend, obwohl zuvor die Sonne noch warm auf uns herunterstrahlte. Es war, als ob der liebe Herrgott über meine Entscheidung wütend war, als wäre er damit nicht einverstanden, zumindest dachte ich, das Wetter hätte sich unserer Situation angepasst. Es machte uns erhebliche Mühe, den Rückweg anzutreten, einmal von der unsagbaren Trauer abgesehen, die uns beide überwältigte, war es so, als ob sich die Natur und das Universum auch einmischten. Und ja, es sah so aus, als ob sich alles gegen diese Entscheidung sträubte, doch eines, eines tat es nicht, und das war die Liebe zu meiner Mutter, meine Verantwortung, mein Versprechen, das ich ihr gab, dass ich sie nicht allein lassen würde. Ich konnte nicht sagen, dass ich sie mehr liebte als ihn, doch war da das Gefühl, dass sie mich mehr braucht als sonst jemand auf der Welt. Sie war und ist einfach meine Mama. Ich konnte es nicht. Ich liebte sie beide. Bei Gott, ich konnte es nicht. Ich dachte daran, was man ihr alles angetan hatte, und sie allein zu lassen ...

Er sah mich nicht an …, fest hielt er meine Hand, doch er sah mich nicht an ... Ich weinte und bat ihn, etwas zu sagen. Stillschweigend, mit tränenverschwommenen Augen setzte ich einen Fuß vor den anderen. Ich wollte ihm verdeutlichen, wie schwer es mir fiel, diese Entscheidung zu treffen, und ich war mir nicht mehr im Klaren darüber, was richtig und was falsch war. Ich hoffte auf irgendeine Gefühlsregung von ihm, nichts kam, starr folgte er dem Weg, doch dann blieb er unerwartet stehen und setzte sich auf den nassen Erdboden. Immer noch regnete es und er schlug seine Hände vors Gesicht. Bitterlich fing er an zu weinen. „Warum? „Warum?", wiederholte er ... „Warum glaubst du, dass ich dich nicht beschützen kann, dass ich nicht für dich sorgen kann?"

Ich kniete mich weinend zu seinen Füßen nieder, als würde ich um Vergebung bitten, und erklärte ihm: „Nein, nein, Thommy, ich glaube es dir ja, darum geht es doch gar nicht, es ist nur … Mir gehen so viele Dinge durch den Kopf." „Ja, was denn?", fragte er. „Thommy, kannst du dich noch an die Nacht erinnern, in der wir Margareth im Haus gefunden haben?" Natürlich konnte er sich daran erinnern … „Thommy, es ist ihr etwas Schreckliches passiert, ich meine noch Schlimmeres, als wir zunächst vermuteten. Margareth ist schwanger! Und wenn sie glaubt, ich würde schlafen, höre ich sie schrecklich weinen ... Das Kind kann jeden Tag kommen, Thommy", so erklärte ich ihm, dass ich sie nicht allein lassen konnte. „Ich kann es einfach nicht, Thommy, sie braucht mich." Nach seinem Gesichtsausdruck zu urteilen, verstand er mich ... Einen Moment brauchte er, um darauf etwas zu antworten ... „Das ändert alles", sagte er. Er war erschüttert, in etwa wie ich es auch war. Er drückte mich an sich und sagte: „Komm, ich bring dich nach Hause."

Unser Weg zurück ummantelte mich mit Schmerz. Meine Füße waren wie ferngesteuert, einen Schritt vor den anderen zu setzen

… Das Herz war mir so schwer und regelmäßig rang ich nach Luft. Schwindel, Trauer, Verzweiflung und Schmerz umschlossen mich und meine Seele, doch wir gingen weiter …

Er ließ meine Hand nicht los. Als wir aus dem Wald herauskamen, konnte ich in der Ferne Rauch aufsteigen sehen. Mama musste das vorrätige Holz zum Einheizen verbraucht haben. Mittlerweile hatte der Regen aufgehört, die Luft hatte sich abgekühlt, langsam brach die Sonne durch die Wolkendecke und der Himmel erschien in einem atemberaubenden, noch nie gesehenen, beinahe magischen Panorama. Er schillerte in lila, rosa und blau. Die Luft roch klar und frisch und ich konnte deutlich die Blumen riechen, deren Duft der Morgenwind zart in der Luft verteilt hatte. Als wir in der Nähe des Hauses die Gerstenfelder durchquerten, blieb Thommy stehen und stellte sich mir gegenüber hin. Er hielt meine Hände in seinen. Einen Moment standen wir beide nichts sagend da, seine und meine Augen waren rot vom Weinen. Ruckartig spürte ich seinen Körper, der sich voller Sehnsucht und Not an mich klammerte. Ich wollte ihn mit meiner Umarmung gefangen halten, ihn nicht loslassen, so innig hielt ich ihn fest und er mich. Ich rang nach Luft, das Atmen fiel mir so schwer … Der Gedanke, ihn loslassen zu müssen, der Gedanke an diese Einsamkeit, die mich jetzt erwartete, erschütterte alles, was mich ausmachte. Das Empfinden der Hoffnungslosigkeit, das Gefühl der unstillbaren Liebe …

Die Welt stand still und Thommy bemühte sich, seine Verzweiflung zu verbergen, es gelang ihm nicht. Ein letztes Mal hielt ich ihn fest und fester an mich gedrückt, um noch einmal seinem Herzschlag lauschen zu können. „Ich liebe dich, Thommy, ich werde dich immer lieben. Du bist mein bester Freund und alles – noch mehr als ich je dachte, dass es geben könnte auf der Welt, mehr als ich zu wünschen vermochte. Bitte, oh bitte, vergiss mich niemals, Thommy, denn ich …, ich werde dich nie vergessen!" Er küsste mich, streichelte mir zärtlich über die Wange und sprach: „Ich liebe dich auch so sehr, wie könnte ich dich je vergessen!? Wir werden uns wiedersehen! Denke immer daran, dass, egal was auch passieren mag, ich zu dir zurückkehren werde!"

Erneut ebneten sich Tränen ihren Weg entlang meiner Wangen, das Salz brannte mittlerweile schmerzlich in meinem Gesicht. Noch einmal presste ich seinen Körper an meinen. Ohne zu wissen, wie uns geschah, lösten wir uns aus unserer innigen Umarmung. Als Letztes ließ ich seine Hand los. Der Schmerz, der jede Zelle meines Körpers durchströmte, der mir die Luft zum Atmen nahm, der es mir nicht möglich machte zu denken, war wie Sterben. Ich rannte zu Margareth und er zu Albert. Wie konnte es so weit kommen, wieso ließ ich es zu, wieso entschied ich mich dazu, den Menschen gehen zu lassen, der mein unverhofftes Glück und Segen war, der mich verstand wie kein anderer, der mir meinen Platz zeigte, der für andere Menschen als gewöhnlich aussehen würde und für mich den Reichtum der Welt bedeutete?

Diese Nacht schlief ich nicht. Ich lag stundenlang neben Sammy auf dem Boden in meinem Zimmer. Ich erzählte Mama alles und sie blieb bei mir. Ich war froh, dass sie da war, doch vergeblich versuchte sie, mich zu beruhigen. Ich fühlte mich einsam und elend wie noch nie. Einzig Sammy konnte mir ein wenig Trost spenden. Genauso war es damals nach dem Tod meines Vaters, Sammy wich nicht von meiner Seite. Nachdem meine Augen durch das endlose Weinen aufgequollen und schmerzerfüllt brannten, schlief ich erschöpft auf dem Boden ein. Mama wollte mich ins Bett bringen, doch ich hatte weder die Kraft aufzustehen, denn ich war wie eine Schnecke in ihrem Haus eingerollt, noch sah ich einen Sinn darin, mich in mein Bett zu legen, mein Körper krampfte. Was sollte es für einen Unterschied machen ... So blieb ich liegen. Mama brachte mir eine Decke, ich bat sie, mich mit Sammy allein zu lassen.

Mein Körper fühlte sich schwer an, so als würde er meine kleine zerbrechliche Seele eingesperrt halten. Da war Leere in mir und gleichzeitig war mein Herz so schwer … Als wäre mir ein Teil meines Inneren herausgerissen worden, aber es ergab keinen Sinn, dass ich mich zeitgleich so viel schwerer fühlte ... Wenn einem etwas genommen wird, was Gewicht hat, würde man sich doch leichter fühlen? Nichts ergab einen Sinn, gar nichts. Es war, als ob meine Seele Dunkelheit war und kein heller Strahl mehr durchdringen konnte. Es war hoffnungslos, einen Ausweg aus diesem Gefühl der Gefangenschaft zu finden. Ich atmete schwer, befürchtete zu ersticken, dass mich irgendetwas innerlich auffrisst, als wäre ein Loch in meine Seele geschnitten worden, als würde ich sterben und an den Pforten des Übergangs zur Hölle stehen … Gepeinigt von meinen Seelenqualen musste ich irgendwann weggetreten sein ...

Am nächsten Morgen war nichts mehr, wie es einmal war. Er war weg. Er war weg und mein junges Leben hatte ein frühes Ende gefunden. Ich würde nie mehr dieselbe sein. Ich werde nie mehr glücklich sein, nie mehr lachen können. Nie mehr werde ich mit dem Gefühl der Aufregung und Vorfreude, ihn sehen zu dürfen, aufstehen. Innerlich starb ich bereits, als ich seine Hand losließ. War ich doch selbst schuld … Er wäre überall mit mir hingegangen.

Tag für Tag stand ich dennoch auf. Ich kümmerte mich um meinen kleinen Bruder, der wie auch unsere Mutter meine Hilfe benötigte. Nach Matthews Geburt ging es Margareth gesundheitlich noch schlechter, indes schaffte ich auf dem Feld mehr denn je, kochte, putzte. Ich verspürte keine Müdigkeit, ich fühlte mich wie eine Fremde, wie ein funktionierendes Etwas, das das Notwendige tat, um die Meinen zu versorgen. Ich fühlte kaum noch irgendetwas. Weder die Kälte noch die schwere Arbeit auf dem Feld machte mir etwas aus, noch der Mangel an Schlaf. Genauso wenig machte sich ein Hungergefühl bemerkbar. Ich war froh, etwas tun zu können, der täglich gleiche Tagesablauf ließ mir wenig Möglichkeit, mich mit meinem Kummer auseinanderzusetzen, welcher mich sonst gewiss wie ein dunkler, schwarzer Sumpf verschlungen hätte. Jedoch, wenn ich nach getaner Arbeit mit Sammy spazieren war und wir durch die Gerstenfelder liefen, überkam mich zumeist ein Gefühl der tiefen Sehnsucht und abgrundtiefen Verzweiflung. Einmal war es so schlimm, dass ich vor Erschöpfung und Trauer auf den Feldern zusammenbrach. Ich ließ einen Schrei los, welcher all meinen über Monate verdrängten Seelenqualen Ausdruck verlieh. Ich kniete mich zu Boden, Tränen liefen unaufhörlich und ich war der Ohnmacht nahe. Ich stürzte mich tiefer in die Felder und konnte das Weinen nicht stoppen. Sammy winselte und berührte mich unentwegt mit seinen Pfoten. Er schleckte an meiner Wange, so wie er es einst bei Thommy tat. Als mich sämtliche Kräfte verlassen hatten und ich regungslos da lag, keine Tränen mehr kamen, fühlte ich ein seltsames, irreales Gefühl des Friedens. Die Dämmerung setzte ein, sodass der Wind kühler wurde und mich erfrischte. Die klare Luft tat gut, gierig sog ich sie durch meine Nase ein. Sammy wich nicht von meiner Seite. Ich weiß nicht, wie lange ich so da lag, aber ich verspürte kein Verlangen aufzustehen. Der unverhoffte Augenblick des vermeintlichen Friedens ließ den Versuch zu, mich zu sammeln. Ich dachte nicht an irgendetwas Bestimmtes, ich wollte auch nicht an ihn denken, ich erfreute mich meiner „Ruhe", dass ich mit meiner Trauer einmal allein sein konnte, das brauchte ich. Währenddessen kam mir ein Gedanke wieder: „Wir werden uns wiedersehen, denke immer daran, dass, egal was auch passiert, ich zu dir zurückkehren werde!" Thommys Worte hallten in meiner Erinnerung auf. Seine Stimme, seine Worte und sogar der Wortlaut dieses Satzes kehrten in mein Bewusstsein zurück. Ich richtete mich auf und Hoffnungsfunken füllten meinen Körper mit Adrenalin, schenkten meiner Seele wieder Kraft. Ich ging die Szene in Bild und Wort ein paar Mal wiederholt durch. „Wir werden uns wiedersehen", sagte ich laut vor mich hin, dann noch einmal zu Sammy, der mich fragend anblickte. Dann schaute ich zum Himmel hinauf, der wie ein dunkelblauer Teppich mit funkelnden Steinen aussah, und sprach zu ihm hinauf, in der Hoffnung, dass Gott mich hören würde: „Ich werde die Hoffnung nicht aufgeben, das schwöre ich, egal wie lange ich auch warten muss, wir werden uns wiedersehen."

Jeden Tag nach getaner Arbeit, und meistens war es dann bereits Nacht, schrieb ich gedankenversunken Gedichte. Ich schenkte Thommy jeden meiner Gedanken und erinnerte mich täglich an all die kostbaren und glücklichen Momente, die wir miteinander teilen durften. Ich verdrängte die Gedanken an ihn nicht mehr, sondern ließ sie, wenn auch sehnsuchtsvoll, zu.

Eines meiner Gedichte an ihn lautet wie folgt:

Die letzte Sonne ist des Jahres

noch ein einzig' Mal zurückgekehrt,

dem Herzen lauschend ergeben,

verspür' ich Traurigkeit und Einsamkeit,

doch sie ist meine Hoffnung,

die der Herr mir heute schickt.

Des Tages Lobgesang,

des Tages Schimmer,

sauge ich mit allen Sinnen das Geschenk

in mich auf,

halte es fest verschlossen,

in der Gewissheit, etwas zu behalten

von solch unschätzbarem Wert,

in Zeiten des Chaos, der Not

und am Ende meiner Kräfte.

Des Tages Wonne möge mich durch die

dunklen Tage begleiten.

Von heute an bis in alle Ewigkeit, bis wir uns

wiedersehen.

Ich stellte mir vor, wie es wäre, wenn es eine
Art Reisegefährt gäbe, welches mich an den
Moment unserer ersten Begegnung zurück-
bringen könnte, doch was hätte ich anders ge-

macht? Ich hätte den Moment auch dann nicht festhalten können, die Zeit würde trotzdem weiterlaufen und alles hätte sich wieder geändert. Ich dachte mir die originellsten Ideen aus, was ich hätte tun können, was passiert wäre, wenn ich anders gehandelt hätte. Jeden Abend überlegte ich mir eine andere Möglichkeit, wie ich das, was jetzt war, wie es mir jetzt ging, wie dieses Leben ohne ihn vermeidbar gewesen wäre. Alles Denken half nicht und es konnte schon gar nichts ändern. Als das Schlimmste empfand ich meine Machtlosigkeit, ich konnte nichts tun, ich wusste nichts, nur hoffen, das konnte ich, darauf, dass er sein Versprechen eines Tages einlösen würde. Sein Versprechen und das Wissen, dass er irgendwo da draußen in der Welt sein musste, gaben mir die Kraft in dieser Zeit, in der ich mich so allein fühlte ...

Mittlerweile waren sechs Jahre vergangen und jeder Tag glich dem anderen. Alles war monoton und Routine. Aufstehen, Kochen, Putzen, auf dem Feld die anliegende Arbeit verrichten, Wäsche waschen und weiter atmen. Was mich jedoch glücklich machte, war, dass Margareth stark war. Nach der Geburt von Matthew dauerte es einige lange Monate, bis sich ihr Gesundheitszustand wieder stabilisiert hatte, doch jetzt konnten wir alles gemeinsam schaffen. Sie entschied sich, Matthew nicht wegzugeben. Oft saßen wir abends am Kaminfeuer und lasen uns gegenseitig vor, wenn der Kleine bereits im Bett lag. Öfter vertraute ich mich meiner Mutter an und suchte das Gespräch mit ihr. Nach wie vor standen wir uns sehr nahe und es half mir, wenn auch nur ein wenig, mit ihr über Thommy zu sprechen. Jeden Abend nahm sie mich in ihre Arme und ermutigte mich, weiter an seine Rückkehr zu glauben. Auch ihren Dank dafür, dass ich trotz meines Schmerzes damals bei ihr geblieben bin, sprach sie mir jeden Tag aus. „Ich weiß, welches Opfer du für mich und Matthew gebracht hast, und das werde ich dir nie vergessen. Ich liebe dich so sehr, Grace." Das sagte sie mir ständig wegen ihres schlechten Gewissens, doch trotz allem

musste sie es nicht haben, sie war nicht verantwortlich dafür, nur hatte ich das Gefühl,
IHN im Stich gelassen zu haben ...

Sammy wachte stets über uns drei. Matthew
hatte mich sehr lieb, er war ein süßer, aufge-
weckter Junge und ich habe ihn ebenso in
mein Herz geschlossen. Nichts vermochte
aber die Trauer in meinem Herzen zu stillen.
Ich fühlte mich, als ob ich in einer endlosen
Warteschleife lebte oder wie in einem sich
ständig gleich drehenden Strudel gefangen,
dem ich nicht entkommen konnte.

Jeden Tag ging ich in die Kirche, betete für
ein Wunder, um Vergebung und wartete auf
seine Rückkehr. Könnte ich mir je selbst ver-
geben? Immer noch hielten mich nachts Tränen vom Schlafen ab.

Kapitel 5

Das Wiedersehen

Eines Abends, die Sonne war gerade untergegangen und es war an diesem Abend ein ganz besonders schöner Sonnenuntergang, saß ich in meinem Zimmer, versunken in meinen Roman, als es an der Tür klopfte. Zumindest hörte es sich so an, doch sicher war ich mir nicht und las deshalb weiter, weil es gerade so spannend war, Catherine und Heathcliff zu folgen. Noch am Ende der folgenden Seite hörte ich erneut ein Klopfen, diesmal etwas lauter. Ich stand auf, um nachzusehen, ob Margareth bereits unten an der Tür stand und das Klopfen auch gehört hatte, doch sie brachte Matthew, der nicht schlafen wollte, wieder in sein Bett. Ohne mich bei ihr bemerkbar zu machen, ging ich vorsichtig und mit leisen Schritten die Treppe hinunter. Mit einer Kerze in der Hand näherte ich mich langsam der Tür. Zaghaft fragte ich durch sie hindurch: „Wer ist da bitte?"

Ich erstarrte, das Blut in meinem Körper erhitzte sich wie Feuer. Diese Stimme, diese Stimme, welche mir ein zittriges „Hallo" entgegnete, hätte ich unter Tausenden wiedererkannt. Mir wurde schwindelig und ich musste mich setzen, stellte die Kerze ab, da ich befürchtete, sie fallen zu lassen. Ich rang nach Luft. War wirklich der Moment gekommen, den ich mir so lange Zeit herbeigewünscht hatte? Ich versuchte, es langsam zu realisieren, war mir nicht sicher, ob mir mein Verstand einen Streich spielen wollte. War ich ehrlich nur eine Tür von Thommy getrennt nach all der Zeit des Wartens, der Ungewissheit, der Verzweiflung und all der Träumereien, die nur zum Überleben dienten und den Anschein hatten, sich niemals zu verwirklichen. Mein Herz klopfte wie verrückt. Sammy kam zu mir und ich drückte ihn fest an mich. Es klopfte weiter, zaghaft, aber es klopfte. Nervös kaute ich an meinen Fingernägeln. Ich ging in die Küche und griff nach einer Vase. Ich schmetterte sie zu Boden. Ich wollte wissen, ob sie wirklich zerbrach, ob es real war. Himmel, da steht er vor meiner Tür und ich habe Angst, es mir einzubilden, werfe Vasen herunter, was war los mit mir? Es fiel mir so verdammt schwer, klar zu denken. Ich fühlte mich wie ein verzaubertes Mädchen, auf das ein Fluch von einer Hexe ausgesprochen wurde, der mich handlungsunfähig machte. Ich fürchtete mich nachzusehen, was mich vor der Tür erwartete, wenn er es wirklich sein sollte und es wäre nicht so, wie ich mir über die Jahre das Wiedersehen ausgemalt hatte ... Somit wären all meine Vorstellungen und die damit verbundenen Wünsche zerstört. Er ist vielleicht nicht mehr derselbe Thommy, den ich kenne. Indes kam Mama die Treppe heruntergeeilt, um zu sehen, was der Lärm durch die zerbrochene Vase zu bedeuten hatte. Erschrocken sah sie mich inmitten der Scherben stehen. Steif stehen bleibend, flüsterte ich Mama zu, die jetzt langsam näher zu mir kam: „Mama, ich glaube, er ist vor der Tür." „Wer?" „Thommy!" Margareth schlug die Hände vor den Mund. „Wieso öffnest du die Tür nicht?" „Ich habe Angst."

Doch dann endlich übernahm mein Verstand Verantwortung und mir schoss der Gedanke in den Kopf, meine Chance, ihn wiedersehen zu können, zu verpassen. So eilte ich zur Tür. Seit dem ersten Klopfen waren sicherlich bereits zehn Minuten oder mehr vergangen. Ich öffnete, es war dunkel und ich sah nichts. Weit und breit war niemand zu sehen. Um das ganze Haus ging ich herum, furchtbare Enttäuschung erfüllte mich. Ich war mir sicher, dass er es war ... Gerade als ich die Tür wieder schließen wollte, wisperte durch den Türspalt erneut die Stimme leise ein „Hallo". Ich ließ sie angelehnt und holte mir schnell die auf dem Tisch stehende Kerze. Zitternd ging ich Schritt für Schritt auf den Spalt zu. „Hallo, Grace, ich bin es, Thommy." Jetzt gab es keinen Zweifel mehr und auch kein Zurück, zaghaft öffnete ich die Tür. Wir schauten einander in die Augen, im Schein der Kerze spiegelten sich seine Augen grüner denn je wider.

Er war es, er stand vor mir und zog seinen Hut. Verlegen, aber entschlossen verneigte er sich vor mir und fragte: „Darf ich hereinkommen?" Ich war sprachlos und konnte ihm zunächst nicht gleich antworten. Wie festgewurzelt stand ich da, starrte ihn an. Sein Anblick fesselte mich so sehr, dass mir das Herz bis zum Hals schlug, so dass meine anderen Sinne wie ausgeschalten waren. Langsam ging er einen Schritt auf mich zu und fragte nochmal, ob er eintreten dürfe. Ich gab ihm mein Einverständnis mit einer Geste und wich zur Seite, sodass er eintreten konnte. Sagen konnte ich noch nichts, schloss die Tür und bedeutete ihm, sich an den Holztisch in der Küche setzen zu dürfen. Margareth hatte uns allein gelassen. Ich setzte erst einmal Teewasser auf …

Er trug einen edel aussehenden schwarzen Anzug und war nicht mehr der Junge aus meiner Erinnerung. Hoch gewachsen war er und sein Anblick übte auf mich immer noch die- selbe Anziehungskraft aus. Seine hellgrün leuchtenden Augen ließen sein inneres Strahlen nach außen dringen, obwohl ich vor

Aufregung und Nervosität nur kurz in seine Augen blickte, konnte ich so vieles in ihnen lesen ... Es durchströmte mich jenes Gefühl des Glücks, das mich beinahe zum Weinen brachte. Unzählige Gedanken spukten in meinem Kopf umher, während ich das Feuer für den Tee vorbereitete. Wo war er, wieso hat er mir nicht geschrieben, warum ist er da?

Mit unsicherer Hand reichte ich ihm eine Tasse. Hier saßen wir jetzt also an dem kleinen Tisch und keiner von uns beiden fand die richtigen Worte, um endlich etwas zu sagen. Plötzlich hörten wir ein leises „Wuff". Sammy kam die Treppe herunter, er musste Thommys Geruch erkannt haben, denn er bewegte sich direkt auf ihn zu und hielt seine Freude nicht zurück. Mittlerweile war er ein alter Hund und bewegte sich schon lange nicht mehr so wie jetzt gerade. Wild wedelte er mit seinem Schwanz hin und her, Thommy kniete sich zu ihm herunter und streichelte ihn. Mein Herz öffnete sich noch weiter und ich fasste Mut, blickte ihm direkt in die Augen und fragte: „Wo warst du?" Langsam wandte er sich von Sammy ab und setzte sich wieder zu mir, um langsam in ruhigem Ton zu antworten: „Ich habe viele Orte gesehen, ich war in Deutschland, England, Belgien. Albert und ich haben viel gearbeitet, sehr viel sogar, bei Tag und bei Nacht, meist auf Feldern. Wir sind immer wieder zu neuen Orten aufgebrochen, um uns ernähren zu können. Es war nicht die schönste Zeit ..." Aufmerksam hörte ich ihm zu und bemerkte: „Du trägst schöne Kleidung, ist es dir doch noch gut ergangen?" „Nun ja..., bitte Grace…, erzähle du mir zuerst: Wie geht es dir, wie geht es Margareth? Sammy scheint ja ganz der Alte zu sein." Dabei lächelte er, nein, er strahlte, er strahlte mich an. Ich stotterte: „Ich, also Sammy ist nur ein wenig älter geworden und ich habe einen Bruder, sein Name ist Matthew, er ist ein kleiner Sonnenschein. Margareth geht es wirklich gut, wir haben zusammengehalten ... Es war alles andere als einfach ... Nachdem du fort warst, war jeder Tag eine neue Herausforderung für mich." Ich erinnerte mich zurück und wusste

nicht, was ich ihm zuerst erzählen sollte.
Meine eben noch halbwegs gefasste Stimme
schlug in eine sehr dünne, weiche Stimme
um, den Schmerz dieser Zeit konnte ich kaum
in Worte fassen. Ich schluchzte und Tränen
kullerten mein Gesicht entlang. „Ich weiß
nicht, Thommy, ich habe einfach nur jeden
Tag weiter geatmet, weiter geatmet, ja …, das
war alles, was ich die letzten sechs Jahre getan habe." Ich versuchte, mich zu beruhigen,
und nahm die Teetasse, um das mittlerweile
heiß gewordene Wasser einzugießen. Meine
Hand zitterte so sehr, dass ich die Tasse fallen
ließ. Er half mir eilig beim Aufsammeln der
Scherben und entgegnete: „Pass auf, dass du
dich nicht schneidest, ich mach das." Ich
weinte noch mehr, rutschte von meinem Stuhl
herunter auf den Boden. Er ließ das Zerbrochene beiseite fallen. „Hey, Grace …, hey",
dabei berührte er sanft mein Kinn ... „Sieh
mich an..., jetzt bin ich ja da, alles wird gut,
hörst du." Wir fielen einander sitzend inmitten der Scherben in die Arme. Oh Gott, welch
ein Geschenk, seinen Atem auf meiner Haut

spüren zu dürfen, dachte ich. Seinen Herzschlag hören und fühlen zu können ..., ihn riechen zu können. Ich klammerte mich so fest an ihn ..., er streichelte meinen Kopf, so wie er es einst unter dem Baum tat. Er wiederholte: „Schhh, Grace, ich bin da, hörst du ..., jetzt wird alles gut." Dieser Moment, in dem all meine verdrängte Trauer aus mir herausbrach, war wie eine Befreiung. Ich weinte zwar noch eine ganze Weile in seinen Armen, hatte aber das Gefühl, langsam nach langer Zeit endlich wieder aufatmen zu können. Ich schickte ein aus der Tiefe meines Herzens kommendes „Danke" gen Himmel. Er ließ mich weinen, weinen, bis ich keine Tränen mehr hatte. Er versicherte mir, mich nie mehr zu verlassen. Er schwor es – nie mehr.

Sanft war seine Berührung auf meinem Gesicht und er erblickte die Kette, die er mir damals schenkte, an meinem Hals. „Du hast sie nie abgenommen, Grace?" „Niemals", antwortete ich. „Ich habe es ja versprochen."

Es fühlte sich in diesem Augenblick der Nähe an, als wäre er nie wirklich weggewesen und doch war er es – auf meinen Wunsch hin war er damals gegangen. Er streichelte mich immer noch, als ich einen silbernen Ring an seinem rechten Ringfinger sah. Ich blickte tief erschrocken in seine Augen. Und ein Schauer durchflutete mein Inneres. Ich schrak zurück und er bemerkte meine Gefühlsregung, denn er erklärte mir: „Grace, es tut mir leid, ich wollte ihn noch abnehmen, um dir alles nach und nach in Ruhe erklären zu können. Es ist nicht so, wie du glaubst." Obwohl erneut Tränen meine Augen benetzten, blieb ich zu meinem eigenen Erstaunen gefasst. Ich umarmte ihn verzweifelt, drückte ihn, so fest ich konnte, an mich. Leider verlor ich meine Selbstbeherrschung rasch wieder und schämte mich, dass ich nicht Herrin über meine Gefühle war. Mein Herz, meine Seele schmerzten. Ich war nicht wütend auf ihn, sondern auf mich selbst. Nach einer Weile des Schweigens beruhigte ich mich und Thommy begann zu erzählen: „Grace, ich wurde gezwungen, diese

Ehe einzugehen. Es ging um Alberts und meine Existenz. Monatelang wanderten wir von Ort zu Ort und konnten uns kaum über Wasser halten, vor allem die ersten Winter zehrten so an unseren Kräften, dass es das Weiterleben beinahe unmöglich für uns machte. Allerdings war ich auch froh, dass Albert und ich diesen Weg auf uns genommen hatten und nicht du mit mir. Uns hätte es auch so ergehen können, sehr wahrscheinlich wäre es uns ebenso ergangen. Nun, zwei Jahre kämpften wir um jede Brotkrume und waren kurz vor dem Verhungern. Unsere Situation schien ausweglos. Wenn du damals mit mir gekommen wärst, hätte ich mir das nie verzeihen können ...

Mit letzten Kräften machten wir uns auf den Weg nach England. Als wir eines Nachts in der Dunkelheit nach einem Schlafplatz Ausschau hielten, brach Albert vor Erschöpfung zusammen. So viele Meilen waren wir durch Eis und Schnee ohne Schuhe gegangen …

Ich stützte ihn, soweit es mir möglich war, als eine Kutsche vorbeifuhr … Eine Frauenstim-

me befahl dem Kutscher, stehen zu bleiben.
Die Frau, die aus der Droschke stieg, kam auf
uns zu, prunkvoll und warm gekleidet. Sie
war uns freundlich gesinnt und erkundigte
sich nach Alberts Befinden. Kurz erklärte ich
der hochgewachsenen hilfsbereiten Dame unsere Umstände. Sofort gab sie Anweisung an
ihren Bediensteten, uns in ihre Kutsche zu
helfen. Mir war die Situation furchtbar unangenehm und ich dachte daran, wie ich mich
im Nachhinein erkenntlich bei der Dame zeigen sollte. Wir hatten ja nichts von Wert,
doch Alberts gesundheitliche Verfassung ließ
mir keine Wahl und ich willigte ein, ihre Hilfe anzunehmen. Ich war am Ende meiner
Kräfte und Möglichkeiten. Sie, die mit dem
Namen Mrs. Florent angesprochen wurde,
war eine gnädige Dame, um einiges älter als
ich und bereits verwitwet. Sie bot uns während Alberts Krankheitszustands Obhut. Sie
wollte kein Geld, sie tat es gerne. Ich hatte
ihr gleich zu Beginn unseres Kennenlernens
gesagt, dass wir über keinerlei Mittel verfü-
gen. Täglich erledigte ich Aufgaben für sie,

bei denen es ihr an zureichender Unterstüt-
zung mangelte, und wurde mit der Zeit ihr
engster Berater. Sie unterrichtete mich in all
ihren Angelegenheiten, bei denen sie auf Hilfe angewiesen war, und schenkte mir ein beinahe blindes Vertrauen. Diesen Dienst leistete
ich Mrs. Florent sehr gerne und ich konnte
auf diese Weise mein schlechtes Gewissen
ein wenig stillen, dass ich mich ihrer Gast-
freundschaft nicht finanziell erkenntlich zeigen konnte. Nach einigen Wochen ging es Albert deutlich besser und er musste das Bett
nicht mehr hüten. Gemeinsam überlegten wir,
wie es mit uns weitergehen sollte. Meinem
Vater fiel die Sympathie, die Mrs. Florent für
mich hegte, wohl auf, so dass ihm eine Ver-
mählung in den Sinn kam. Ja, Sympathie, und
zwar die größte, sowie Dankbarkeit fühlte ich
auch ihr gegenüber. Sie rettete uns das Leben,
jedoch, eine Heirat stand für mich außer Frage. Hatte ich doch nur dich in meinem Herzen und wusste, dass die Gefühle für Mrs.
Florent niemals, nicht einmal im Entferntes-
ten, dieselben seien würden, wie ich sie für

dich empfinde. Albert wollte von all dem nichts hören, obwohl ich ihm zudem erklärte, dass eine Dame wie sie niemals jemanden wie mich heiraten würde. Wutentbrannt beschimpfte er mich als einen nichtsnutzigen Schwachkopf und murmelte einige erregte Worte vor sich hin. Am darauffolgenden Tag besuchte mich Amalie (Mrs. Florent) und erklärte mir, dass mein Vater sie gestern wegen des Vorschlags zur Heirat ersucht hatte. Dieser Misthund, dachte ich, ich war tobsüchtig, wünschte mir für ihn das Übelste ... Da sie große Zuneigung zu mir pflege und ich ihre Trauer über den Verlust ihres Ehegatten besänftigen könne und sie sich so viel lebendiger in meiner Nähe fühle, so wie sie sagte, würde sie mich mit großer Freude zum Mann nehmen. Nach mehreren kräftezehrenden Gesprächen mit meinem Vater und ohne Aussicht auf eine Rückkehr zu dir, mittellos, willigte ich ein. Ich stand in ihrer Schuld. Ich wäre mit leeren Händen zurückgekehrt und hatte große Angst, dass du mich ohnehin schon vergessen hattest. Es ging uns besser als jemals zuvor, es mangelte uns an nichts. Vater bekam durch Amalie eine feste Anstellung als Gärtner und ein eigenes Zimmer. Zu essen gab es täglich reichlich, wir mussten nicht mehr frieren und ich verfügte zudem mit gleichem Anteil über die Besitztümer wie Amalie. Sie war mehr als gut zu mir, wir respektierten einander und wussten uns zu schätzen. Es fehlte mir an nichts ... außer an Liebe. Auch wenn sie sehr gut zu mir war, gehörte ihr doch nie mein Herz."

Thommys Gedanken:

Als ich mich ihr erklärte, kamen meine Erinnerungen wieder hoch …

Nachdem Albert beerdigt war, gab es für mich keinen Grund mehr, hier zu bleiben. Ich empfand meine treuen Jahre an ihrer Seite als Berater und Verbündeter als erfüllt. Endlich fasste ich den Mut, zu meiner Grace zurückzukehren. Selbst wenn sie bereits verheiratet sein sollte oder mich aufgegeben hatte, musste ich mein Versprechen einlösen und se-

hen, ob sie wohlauf ist. Ich begab mich also
zu Amalie, um Abschied zu nehmen.

„Amalie, hast du einen Moment für mich, es
gibt etwas, worüber ich mit dir reden muss."
„Natürlich, Thomas." „Ich möchte dir von
Herzen danken, dass du vom ersten Moment
unserer Begegnung an so gut zu meinem Va-
ter und mir warst, du bist ein Mensch mit ei-
nem sehr großen Herzen und es müsste mehr
Menschen wie dich geben. Ich danke Gott,
dass wir uns begegnet sind. Ich möchte nicht,
dass du mich falsch verstehst. Es ist ... Ich
möchte dich nicht verletzen, ehrlich nicht ...,
nur ..." Amalie unterbrach mich: „Wie ist ihr
Name?" Ich verstand nicht ganz und sie wie-
derholte sich. „Wie ist ihr Name? Der Name
der Frau, wegen der du oft geweint hast.
Weshalb sollte ein Mann sonst jemals wei-
nen, wenn er doch alles hat, keinen Hunger
leiden muss, eine Anstellung und ein warmes
Bett hat? Bitte, Thomas, erzähle mir von ihr,
ich bin so viel älter als du und es wäre naiv
von mir gewesen, jemals zu glauben, dass du
mehr als Freundschaft für mich empfinden

114

könntest." Dies sagte sie in einem ruhigen und gefassten Ton, weder zynisch noch herablassend, ich war erstaunt, dass sie es die ganze Zeit wusste. Ich gab ihrer Bitte nach und erzählte ihr: „Ihr Name ist Grace und wir mussten uns damals trennen, es war schrecklich für uns beide. Ich habe ihr versprochen zurückzukommen, sobald es mir möglich ist. Ich habe seit sechs Jahren keinen Kontakt mehr zu ihr, ich weiß weder, ob sie mittlerweile verheiratet ist, noch ob sie noch am gleichen Ort lebt. Ich kann aber keinen Tag länger warten und muss sehen, wie es ihr geht. Ich habe niemals aufgehört, sie zu lieben, in all den Jahren keinen einzigen Tag. Bitte verfluche mich nicht, Amalie, du bist eine wundervolle, ehrenwerte Frau und ich werde es dir niemals genug danken können, was du für mich getan hast, doch ich muss meinem Herzen folgen." Aufmerksam hörte sie mir immer noch zu und entgegnete: „Seelenverwandte, ist es nicht so?" „Wie meinst du das?", wollte ich wissen. „Ihr habt euch das erste Mal getroffen und es war, als wür-

det ihr euch schon seit Ewigkeiten kennen.
Da war diese Vertrautheit, das Gefühl, dem
anderen alles sagen zu können, sehr ähnliche
Gedankengänge, als hättet ihr gemeinsam
schon mehrere Leben erlebt, obwohl ihr euch
zum ersten Mal getroffen hattet. War es nicht
so?" „Ja, woher weißt du das?", fragte ich
sie überrascht. „Bei meinem Norman und
mir war es sehr ähnlich, wir waren wie
verschmolzen miteinander, wenn er manchmal längere Zeit geschäftlich auf Reisen war,
spürte ich, ob es ihm gut ging oder nicht,
mein Gefühl hat mich niemals getäuscht. Oft
begann einer von uns einen Satz und der andere beendete ihn, als wäre man unzertrenn-
lich psychisch miteinander verbunden. Ich
spürte es auch, als er weit weg war und
starb. Scheinbar grundlos fing ich zu weinen
an, ich wusste, es war etwas passiert. Die
meisten Menschen halten es für Humbug,
aber ich kenne meine Antwort, dass du mir
nun etwas Gleichartiges erzählst, bestätigt
meine Theorie nur und ich bin dir dankbar,
dass du es mit mir teilst. Ich verstehe dich,

Thomas, und bin ebenso dankbar für unsere Begegnung. Auch du hast mir geholfen, du hast es geschafft, wieder Licht in mein Leben zu lassen, wieder an kleinen Dingen Gefallen zu finden und etwas Schönes sehen zu können. Dafür danke ich dir. Du bist mir nichts schuldig. Ich hätte dich früher ziehen lassen sollen, es war egoistisch von mir. Ich wünsche dir, dass du deine Grace wiederfindest und ihr gemeinsam das Leben leben könnt, wie ihr es euch vorstellt. Wann reist du ab?"

Ich war von Amalies Worten so überwältigt und beeindruckt, dass ich Tränen in den Augen hatte. Ich nahm ihre Hand und sah ihr tief in die Augen, ich sprach: „Wie kannst du so eine starke Frau sein, du hast die Liebe deines Lebens verloren?" „Weißt du, was man sagt, Thomas? Sind einmal die größten Tränentäler getrocknet worden, keimt die Hoffnung. Unsere Seelen werden niemals sterben, es ist nur die Hülle des Menschen. Die Seele des Geliebten ist nur in eine andere Zeit gereist und wartet darauf, bis auch sein Gegenüber die Sphären der Erdenwelt über-

schreitet." „Was soll das heißen, Amalie?"
„Das bedeutet, dass ich weiß, ich werde ihn
wiedersehen. Meine Zeit ist noch nicht gekommen. Eine Aufgabe, die Gott für mich
vorsah, war wohl, euch, deinem Vater und
dir, zu helfen, er hat vielleicht noch andere
Aufgaben für mich und solange diese nicht
erledigt sind, bin ich in dieser Sphäre und
Norman in einer anderen. Ich weiß aber, er
wartet bereits auf mich. Wir werden uns wiedersehen." „Wo?", wollte ich wissen. „Im
Himmel. Erst im Himmel und dann werden
wir gemeinsam ein neues Leben auf Erden
planen." „Woher weißt du das?" „Ich weiß
es einfach…"
Daraufhin ließ sie meine Hand los, setzte
sich in ihren Lieblingssessel, nahm ein Buch
zur Hand und las. Einen Moment stand ich
noch allein da und dachte über ihre Worte
nach. Sie war ein wirklich beeindruckender
Mensch …
Im Anschluss packte ich meine wenigen Hab-
seligkeiten und sattelte das Pferd. Sie kam
noch einmal zu mir. „Thomas, geh nun zu

deiner Grace, aber komme in ein paar Wochen wieder wegen der Scheidungspapiere ... Außerdem möchte ich dir Little Greenfield schenken, du mochtest es immer so."

Little Greenfield war ein kleines Bauernhaus, welches rundherum von einer satten Grünfläche umgeben ist. Ich verbrachte dort viele Abende mit Angeln am See, um allein sein zu können. „Das kann ich nicht annehmen, Amalie." „Natürlich kannst du, Thomas ..., ich mache die Papiere fertig, verkaufe es, wenn du möchtest ... oder wie auch immer ... Ich habe keine Verwendung dafür, allein dieses Haus ist zu geräumig für mich. Wenn du wegen der Papiere kommst, machen wir im Anschluss die Übergabe." Ich konnte nichts sagen außer: „Ich danke dir von Herzen, Amalie." Fest drückte ich sie an mich und gab ihr einen Kuss auf die Stirn. Ihr Herz schien mir doch ein wenig schwer zu sein. Mit gebückter Haltung ging sie ins Haus zurück. Als ich auf meinem Pferd saß, drehte ich mich noch einmal zu ihr um ..., dann ritt ich los, um meiner Bestimmung zu folgen.

Allmählich verstand ich die Situation, die ihn zu diesem Entschluss brachte, Vorwürfe konnte ich ihm keine machen. Ich war glücklich, dass es ihm so gut erging, und es war wichtig für mich zu wissen, dass auch er mich über die Jahre geliebt hatte und er sich nach mir sehnte so wie ich mich nach ihm und dass sich daran bis heute nichts geändert hatte.

Er sprach weiter: „Ich habe sie verlassen, Grace. Albert ist im letzten Monat gestorben und ich habe alles hinter mir gelassen. Ich musste endlich meinem Herzen folgen. Ich habe es nicht länger ohne dich ausgehalten. Den Ring, Grace, trage ich seit ungefähr drei Jahren und ich habe einfach nicht daran gedacht, ihn abzunehmen, da er für mich keine Bedeutung hat."

„Warum hast du mir nie geschrieben?", wollte ich wissen. „Zunächst hatten wir überhaupt kein Geld und als ich bei Amalie die Möglichkeit gehabt hätte, konnte ich dir nicht schreiben … Hätte ich dir schreiben sollen, dass ich zwar verheiratet bin, aber trotzdem nur dich liebe? Was hättest du wohl geglaubt?"

Mein Herz war mit Schwere beladen, ich neigte meinen Kopf nahe an sein Gesicht. Wieder konnte ich seinen Atem auf meiner Wange spüren. Ich fühlte seinen Körper zittern und ich legte meine Hand auf seine Brust. Sein Herz schlug so schnell wie meins. Beide waren wir von diesem emotionalen Austausch erschöpft, aber auch glücklich. „Machen wir es uns bequem und schlafen ein wenig?", fragte er mich. „Ja." Arm in Arm schliefen wir vor dem wärmenden Ofen ein.

Kapitel 6

Wieder ohne Dich

Am nächsten Morgen wurden wir sanft durch den hereinstrahlenden Sonnenschein geweckt, welcher durch die hellblauen Vorhänge und die Fenster strahlte. Die Vögel zwitscherten aufgeregt und fröhlich, als ich in seinen Armen aufwachte und von Glück erfüllt war. Ich zog die Decke über seinen und meinen Kopf und wir küssten uns innig, immer und immer wieder. Es war das schönste Gefühl, ihn zu schmecken, ihn zu riechen, ihn berühren und spüren zu dürfen, zu wissen, dass er genau in diesem Moment bei mir war und nicht irgendwo anders auf der Welt. Ich musste mir keine quälenden Fragen mehr stellen, ob es ihm gut ginge, ob er mich vermisste, ob er ... Plötzlich wurden meine Gedanken unterbrochen ... Würde er jetzt für immer bei mir bleiben?

Zaghaft fragte ich, während ich ihm durch sein Haar strich: „Wie geht es jetzt weiter? Bleibst du hier? Hier bei mir?" Ruhig entgegnete er mir: „Ich werde dich nie mehr verlassen, Grace. Ich habe allerdings noch etwas Geschäftliches zu klären. Ich besitze ein Grundstück in England, welches ich gerne verkaufen möchte, damit wir uns von dem Geld hier auf dem Land ein Grundstück kaufen können. Das heißt, ich breche heute

Abend noch zu meiner letzten Reise getrennt von dir auf. Ich möchte es schnellstmöglich hinter mich bringen und wenn ich zurück bin, leben wir das Leben, wovon wir beide immer geträumt haben. Wir bauen unser eigenes Haus und du wirst eine wundervolle Mutter werden."

Der Gedanke daran, ihm jetzt, wo er gerade erst nach so langer Zeit der Qualen zurück war, auf Wiedersehen sagen zu müssen, versetzte mich erneut in einen angstbesetzten Zustand. Ich wünschte mir ein eigenes Haus, genauso wünschte ich mir, Mutter zu werden, doch niemals wieder wollte ich ihn vermissen. Thommy war von seiner Idee nicht abzubringen, obwohl ich ihn inständig darum bat, hier zu bleiben. Er versicherte mir, dass sein Pferd schnell sei und es nicht länger als ein paar Wochen dauern würde, bis er zurückkehren würde. Ich wollte mich auf meinen sich in der Zukunft erfüllenden Wunsch fixieren, aber ich war sehr beunruhigt, ich hatte Angst, dass sich aus irgendeinem Grund das Blatt wenden könnte, er aufgehalten und wir erneut getrennt werden würden. Andererseits ermutigte er mich und argumentierte erneut gegen meine Befürchtungen. „Du wirst sehen, Grace, ich bin bald wieder da." Ich dachte bei mir, dass ein paar Wochen schneller vergehen werden als ein Jahr. Demnach bemühte ich mich, positiv zu denken ….

Am Mittag kochte Margareth einen wunderbar schmackhaften Kartoffelauflauf, auch sie freute sich sehr über Thommys Rückkehr, vor allem für mich. „Da hast du uns ja gestern einen ganz schönen Schrecken eingejagt, Thommy, mitten in der Nacht bei uns zu klopfen", sagte Margareth, während sie seinen Teller füllte. „Aber sei es drum, du bist endlich wieder da und das hat lange genug gedauert. Wo warst du die ganze Zeit, was hast du erlebt?", wollte sie wissen. Thommy wirkte angespannt und ich merkte, dass er ungern alles erneut aufrollen wollte. Kurz und knapp entgegnete er ihr: „Nun ja, der Herr hat mich auf meiner Reise beschützt und dafür gesorgt, dass ich wieder heil zu Hause angekommen bin." Mama akzeptierte seine Antwort, ohne weiter nachzubohren. „Schmeckt es euch?", wollte sie wissen. Mit vollen Mündern brummelten wir beide nur kopfnickend vor uns hin. Es war wirklich lecker, sie war aber auch schon immer eine gute Köchin gewesen. „Wo ist Albert?", fragte Mama. „Er ist vor ein paar Wochen gestorben, aber da Sie ja wissen, was für ein Mensch er war, können Sie sicher verstehen, dass mich sein Tod nicht allzu sehr bewegt." „Natürlich, Thommy. Du kannst erst mal bei uns bleiben und dann sehen wir weiter." „Das ist sehr liebenswürdig von Ihnen, Mrs. Hartley, nur, ich breche bereits heute Abend wieder auf." „Wie bitte?", entgegnete Margareth entsetzt. „Du bist doch gerade erst gekommen." „Ja, ich muss noch ein einziges Mal weg, es geht um Unterschriften und wenn ich gewisse Dokumente unterschrieben habe, werden Grace und ich ein Kapital haben, um ein eigenes Haus bauen zu können. Das möchte ich schnellstmöglich und deshalb keine Zeit verlieren, verstehen Sie das, Margareth?" „Oh Junge, du wirst schon wissen, was du tust, aber Grace ist gerade so glücklich, sie war schrecklich traurig all die Jahre ohne dich." Thommy nickte und ich brachte mich mit ein: „Mama, das weiß er, ich würde ihn auch lieber gleich bei uns behalten, aber dann ist er umso schneller wieder hier und das endgültig." „Gut, gut, Kinder", sagte sie mit einem seufzenden Unterton und lud sich noch etwas von dem Auflauf auf den Teller. „Ich verstehe das alles absolut nicht … Ich möchte dir vertrauen, Thommy …, nur versprich mir, dass du meine Grace nie wieder in solch einer Verzweiflung zurücklassen wirst, hörst du!? Es hat ihr das Herz gebrochen …" „Ich verspreche es, Mrs. Hartley."

Nach dem Mittagessen, es war bereits Spätnachmittag, gingen Thommy und ich gemeinsam spazieren und genossen die Sonnenstrahlen sowie den herrlichen Anblick der goldglänzenden Gerstenfelder, welche damals wie heute unverwechselbar schön anzusehen waren. Wir liefen zu unserer Hütte, die immer

126

noch wie früher unverändert dastand, und Erinnerungen wurden wach. „Wollen wir reinschauen, ob es von innen auch noch so aussieht, wie wir uns erinnern können?", fragte ich ihn. „Du warst die vergangenen Jahre kein einziges Mal mehr drinnen?", wollte er wissen. „Ich bin fast jeden Tag vorbeigelaufen, aber ich habe es nie geschafft, allein reinzugehen – ich hatte nicht die Kraft dafür. Jedes Mal, wenn ich mir vornahm, hineinzugehen, da ich hoffte, dir hier näher sein zu können, musste ich weinen und ich vermisste dich noch mehr." Er sah mich wehmütig an, nahm mich an die Hand und sagte: „Komm, wir gehen zusammen hinein."

Die Tür klemmte, doch mit Hilfe eines Stockes gelang es ihm, sie zu öffnen. Vorsichtig gingen wir in das Haus. Ein Knäuel Spinnweben klebte zunächst in unseren Gesichtern und Staub wurde aufgewirbelt. Es sah wirklich noch alles so aus, wie ich es in Erinnerung hatte, und es war ein schönes Gefühl, wieder hier zu sein. Trotz des Staubes und der kaum vorhandenen Möbel hatte dieser

Ort etwas Romantisches an sich. Ich schaute aus dem kleinen Fenster heraus, welches von Staub bedeckt war. Er legte seine Hand auf meine Schulter, dann strich er mir durchs Haar. Ich wandte mich ihm zu und küsste ihn auf den Mund. Langsam begann er mich an meinen Armen weiter zu streicheln, dann wanderte seine Hand meinen Po entlang. Sanft berührte er meine Brüste. Ein inniger Kuss ließ mich ihm hoffnungslos verfallen. Ich fühlte mich geborgen, ihm so verbunden und ergeben wie nie zuvor. Allmählich fing ich an, seine Hemdknöpfe zu öffnen, und küsste dabei seinen Oberkörper, der sich mir immer mehr und mehr in seiner Reinheit und Verwundbarkeit offenbarte. Indes öffnete er vorsichtig die Widerhaken meines Kleides. Unter bebendem Verlangen und gleichzeitiger Sanftheit legte er mich zu Boden. Meine Kleider ebnete er mir als Unterlage auf dem staubigen Holzboden. Unsere Körper vereinten sich, dass es so schön war und mich zum Weinen brachte.

So lange Zeit waren wir voneinander getrennt … Es fühlte sich an, als wären wir auf der höchstmöglichen Stufe der Verschmelzung zweier Seelen angelangt. Es war eine Ekstase auf physiologischer Ebene, entstanden aus wahrhaftiger Liebe und Leidenschaft, für die es keine Worte gab, die dieses Erlebnis beschreiben hätten können. Es war so viel schöner als jede Vorstellung. Er berührte jede Stelle meines Körpers und ich fühlte mich energetisiert, lebendig, andererseits wie in Trance, überwältigt, entspannt und sicher. Ich fühlte meinen Körper, wie ich ihn selbst noch nie spürte. Ich spürte *IHN* ... mit Leib und Seele.

Wäre es mir möglich gewesen, die Zeit anhalten zu können, so hätte ich es getan.

„Habe ich dir wehgetan, Grace?" „Nein, wieso?" „Du weinst!" „Ja, ich weine, weil ich so glücklich bin, es war wunderschön." „Ja, das war es … Ich liebe dich, weißt du das?" „Ja, ich liebe dich auch!" Es war mir egal, dass der Boden kalt und hart war, wir keine Decke

hatten, ich hätte hier ewig bleiben können –
mit ihm.

Auf dem Nachhauseweg lief ich wie auf Wolken. Hand in Hand gingen wir zurück ins
Haus. Vor seiner Abreise konnte Margareth
ihn noch dazu anhalten, nicht ungestärkt den
langen Weg anzutreten, und so aßen wir noch
gemeinsam zu Abend. Im Anschluss war es
so weit, er verließ mich erneut ein letztes Mal
und dann nie wieder. Dass er schon bald für
immer bei mir sein würde, dieser Gedanke
tröstete mich, auch wenn es jetzt schrecklich
für mich war, ihn wieder loszulassen. Noch
einmal umarmte und küsste er mich liebevoll.
„Meine liebe, tapfere Grace, ich würde so
gerne bei dir bleiben, aber dies ist unsere
letzte Hürde, danach hält uns nichts mehr auf.
Es wird umso schöner sein, weil ich völlig
frei sein werde." Ich schenkte seinen Worten
Glauben, dennoch stieß ich einen tiefen Seuf-
zer aus. Die Leichtigkeit meines Herzens
wurde erneut mit dunklen Wolken beschattet
und unvermeidbar kullerten die Tränen her-

unter. „Ich weiß, Thommy, ich weiß, ich werde tapfer sein und auf dich warten." „Es wäre ja schlimm, wenn es nicht so wäre", entgegnete er und grinste spitzbübisch. Noch einmal drückte ich fest seine Hand, er ließ meine los und schwang sich auf sein Pferd. Noch einmal zog er zum Abschied seinen Hut, dann ritt er los hinein in die Nacht, der Mond spendete ihm Licht.

Tage vergingen und ich versuchte, trotz der Ungewissheit über sein Wohlbefinden ein heiteres Gemüt aufrechtzuerhalten. Der Gedanke an Thommys Rückkehr und dass sich mit diesem nahenden Zeitpunkt unser Leben endlich zum Glücklichen wenden würde, gab mir die Kraft, den betrübenden Gedanken wenig Raum und Aufmerksamkeit zu schenken.

An den Abenden vertiefte ich mich in meine Lieblingsromane, zündete eine Kerze an und setzte mich zum Lesen in Richtung des Fensters im Schlafzimmer. Von dort aus konnte ich ab und an einen Blick auf den Mond erhaschen, wenn er nicht gerade von Wolken überdeckt war. Sammy war stets neben mir und folgte mir auf Schritt und Tritt.

Eine Woche war Thommy bereits weg, mit jedem Tag freute ich mich mehr und mehr, da ich wusste, dass die Zeit des Wartens bald vorüber sein würde.

Eines Nachts, es war schon nach ein Uhr, lag ich immer noch wach und las. Sammy hatte es sich in seinem Körbchen gemütlich gemacht und schlummerte, so dachte ich zumindest bis gerade eben, denn plötzlich war er hellwach. Wild wedelte er mit seinem Schwanz hin und her, bellte und versuchte, mit seinen Pfoten auf das Fensterbrett zu gelangen. Zunächst erst leise, dann wurde er immer lauter. Er war mehr als unruhig und furchtbar aufgeregt. Mit seiner Schnauze berührte er meine Füße, er wimmerte und bemühte sich, meine Aufmerksamkeit zu erlangen. Ich schaute aus dem Fenster heraus auf unsere Eingangstür, Sammy versetzte mich mit seinem Benehmen in Schrecken und ich befürchtete, dass er Fremde in der Nähe des

Hauses witterte. Durch das Fenster konnte ich nichts erkennen, meinte aber, ein Geräusch gehört zu haben. Sicher war ich mir nicht und öffnete deshalb das Fenster. Vielleicht war jemand draußen, der meine Hilfe benötigte, aber Nachbarschaft hatten wir immer noch keine und Thommy würde frühestens in einer Woche zurück sein. Nasskalter Wind schlug mir beim Öffnen des Fensters entgegen und Eiseskälte ließ mich erschauern. Ein mulmiges Gefühl überkam mich und ich glaubte, eine Gestalt wahrgenommen zu haben. Mutig, aber mit wenig fester Stimme rief ich deshalb: „Hallo, hallo, ist da jemand?" Eine unbekannte männliche Stimme, die sich erschöpft und außer Atem anhörte, antwortete mir: „Bitte öffnen Sie die Tür, schnell, ich habe eine verletzte Person hier, bitte." Ich schloss das Fenster und Sammy rannte mit mir hinunter. Ich überlegte nicht lange und öffnete dem Mann die Tür. Ein erschöpft aussehender Mann blickte mir in die Augen, der vom strömenden Regen völlig durchnässt war und aussah, als wäre er schon länger unterwegs. Auf seiner Schulter trug er die verletzte Person, deren Gesicht ich nicht erkennen konnte, weil sie mit dem Gesicht zum Rücken des Mannes gedreht war und bewusstlos schien. Ich fragte den Herrn: „Was ist passiert? Kommen Sie rein, schnell. Wie lange sind Sie schon auf den Füßen, wie lange tragen Sie ihn schon?" Anhand der von Matsch bedeckten Schuhe konnte ich erkennen, dass es sich bei dem Verletzten um einen Mann handelte. „Was ist los?" Sammy bellte und bellte, hörte nicht auf. Margareth war aufgewacht und half mir hastig, Kissen und Decken herzurichten, als sie sah, dass es sich um einen Verwundeten handelte. Der Fremde sprach: „Mein Name ist Louis und ich habe diesen Mann vor einem Tag reglos neben einem Zaun gefunden. Er hat eine tiefe Wunde im Brustbereich sowie am Unterleib. Ich habe mit ihm nur kurz reden können, ehe er ohnmächtig wurde. Er erklärte mir, wo sein Zuhause sei, und bat mich, ihn dorthin zu bringen. Es war alles andere als einfach, den Weg hierher zu finden." Vorsichtig nahm

Louis den Mann von seiner Schulter und hob ihn auf das Canapé. Noch bevor ich hinsah, schoss es mir durch den Kopf, was er gesagt hatte: Er habe ihm gesagt, wo er wohnt. Er wohnt hier nicht. Ich sprach laut, mit starrem Blick auf den Herrn gerichtet: „Wie ist sein Name?" und blickte in diesem Moment zu ihm hinüber. Louis ließ einen Schrei los und hielt sich die Schulter fest, welche ihn nach Stunden des Tragens der schweren Last furchtbar schmerzte, ehe er vor Erschöpfung zu Boden ging.

Nein, das konnte nicht sein, nein ... Ich eilte an seine Seite, ich weinte und weinte und nahm seine Hand. Ich schrie seinen Namen: „Thommy, Thommy, wach auf." „Schnell", sagte ich zu Mama, „mach Feuer, schnell." Ich zog ihm die nassen Kleider aus. Mit tränenunterlaufenen Augen streichelte ich sanft seine roten Wangen. Er glühte und schlief immer noch, aber er atmete, wenn auch schwach und schwer. Margareth brachte alle Decken, die wir hatten, und mit heißem Wasser getränkte Tücher für die Reinigung seiner

Wunden. Ich rang nach Luft und erlitt einen Heulkrampf, Mama drückte meine Hand und ermahnte mich mit fester Stimme, dass ich mich zusammenreißen solle und ich ihm so nicht helfen könne. „Grace, hör zu, er braucht dich, reiß dich zusammen und sieh nach seinen Wunden. Ich sehe nach Louis und du gehst zu Thommy." Ich nahm mich zusammen und sah nach seinen Verletzungen, um das Ausmaß feststellen zu können. Er hatte eine tiefe Risswunde linksseitig seines Brustkorbes und auf der linken Seite im Bereich des Unterleibs. Wer weiß, wie lange er schon da lag, bevor ihn Louis gefunden hatte. Beide Wunden waren tief und groß, jeweils ungefähr zehn cm lang, beide Wunden eiterten. Obwohl ich mir die größte Mühe gab, kullerte mir eine Träne auf seine Nasenspitze. Vorsichtig wischte ich sie ihm weg, dann eine Bewegung, er rührte sich. Tatsächlich öffnete er langsam seine Augen. „Thommy, Thommy", sagte ich. „Grace, wo bin ich, wieso bist du hier, was ist passiert, wo ist mein Pferd?" Er wollte sich aufrichten, aber er musste stark husten und der Schmerz ließ es nicht zu.

„Bleib liegen, Thommy, du hattest einen Unfall und bist zu Hause bei mir." Ich streichelte ihn sanft und tränkte nochmal das Tuch auf seiner Stirn mit frischem Wasser. „Grace, ich bin so froh, dich zu sehen, aber was ist passiert? Wie kam ich zu dir? Ich kann mich nur noch daran erinnern, dass ein heftiger Sturm wütete und es regnete. Ich wollte dich überraschen und eher zurück sein, ich erinnere mich an einen Zaun, über den ich springen wollte, ich unterschätzte die Höhe, mein Pferd hat es nicht geschafft, sodass ich stürzte. Von diesem Moment an kann ich mich an nichts mehr erinnern." Das Reden fiel ihm sichtlich schwer. Ich erklärte ihm, dass Louis ihn gefunden hatte, und er erinnerte sich dunkel daran, mit jemandem gesprochen zu haben. Ich schüttelte ihm das Kopfkissen auf und reichte ihm eine warme Tasse Tee, welche ich nur halbvoll machte, damit er sich beim Trinken leichter tat. Er verschluckte sich, sodass er sich räusperte. Die Schmerzen seiner Wunden quälten seinen Körper, er zitterte und ich befürchtete einen Schüttelfrost. „Thommy, schlaf ein bisschen, du musst wieder zu Kräften kommen, ich bleibe hier bei dir. Wenn du irgendetwas benötigst, sag es nur. Schlaf jetzt und du wirst sehen, morgen geht es dir schon besser." „Vielleicht hast du recht, Grace", entgegnete er mir, schwer atmend. Ich hielt und küsste seine Hand und nach einer Weile war er eingeschlafen. Margareth zog sich an und machte sich auf den Weg, den Arzt zu holen. Louis, dem es mittlerweile besser ging, erklärte sich bereit, uns weiter zu helfen. Der nächste Arzt war im weit entfernten Nachbardorf und selbst bei schnellem Lauftempo würde allein der Marsch dorthin drei Stunden dauern. Mir war es nicht wohl dabei, Mama allein nach dem Doktor zu schicken, ich musste aber bei Thommy bleiben und deshalb begleitete sie Louis noch bis dorthin, wenngleich er selbst erschöpft war.

Den Rest der Nacht schlief Thommy durch. Am frühen Morgen, ich hatte selbst kein Auge zugetan, kochte ich ihm Suppe. Langsam bewegte er sich. „Du solltest etwas essen." „Ja", antwortete er mit blassem und schmerzverzerrtem Gesicht. „Konntest du schlafen?" „Ja, ich habe nur schlecht geträumt, das wird das Fieber sein." „Das ist bald vorbei, du wirst sehen." Allein war es ihm nicht möglich, sich aufrecht hinzusetzen, und ich half ihm, so gut es ging, dabei. Nicht einmal den Löffel konnte er halten. Er war schwach, sehr schwach. Dunkle Ringe umrahmten seine Augen, sein Gesicht war schneeweiß und Schweißperlen glänzten auf seiner Stirn. Seine Hände schienen blutleer. Ich befürchtete das Schlimmste, dass es für ihn wenig Chancen auf eine Heilung geben würde, ich unterdrückte jedoch die Angst. In meinen Gedanken betete ich für ein Wunder, dass Mama bald mit dem Arzt käme. Ich bemühte mich zu lächeln und erklärte ihm, dass der Arzt schon bald da sein würde und er in absehbarer Zeit wieder gesund sein werde. Wenige Löffel hatte er gegessen. Während er ruhig da lag, begann ich, ihm von gemeinsamen Erlebnissen zu erzählen, und fragte ihn, ob er sich noch daran erinnerte, wie wir uns das erste Mal begegneten. Thommy sprach leise und es strengte ihn an, aber er antwortete: „Es war ein schöner Sommertag, du hattest ein weißes Kleid an und Sammy war mit dabei. Er ist von dir weggelaufen und du hast immer wieder nach ihm gerufen, bist ihm gefolgt, Sammy überraschte mich im Gras und er schleckte mein Gesicht ab. Du hast ihm gesagt, er solle damit aufhören, und hast dich bei mir entschuldigt … Du sagtest, dass er normalerweise nicht so ist. Ich musste lachen und ich sagte, dass es nicht schlimm sei, ich mag Hunde."

Da ich merkte, wie schwer ihm das Reden fiel, bat ich ihn, sich wieder zu schonen, doch das wollte er nicht. „Nein, Grace, ich will dir noch etwas Wichtiges sagen: An dem Tag sah ich dich an, ich stand für einen Moment lang da und starrte dich an, verstehst du … Dein Haar glänzte in der Sonne, deine Augen leuchteten, dein strahlendes Lächeln ..." Er hustete, doch er wollte weitersprechen ... „Ich bin auf dich zugegangen und ich habe mich dir vorgestellt. Du hast mich nur wortlos angesehen und mir Sammy vorgestellt. Ich weiß, du warst nervös, aber sicher nicht so, wie ich es war. Ich war heilfroh, dass ich dir meinen Namen ohne Stottern sagen konnte. Grace, schon damals wusste ich, dass gerade etwas Wunderschönes geschehen war ... Meine kleine Grace, wie könnte ich diesen Tag jemals vergessen?"

Ich küsste seine Hand, die ich festhielt. „Ja, genau so war es, Thommy." Erneut füllten sich meine Augen mit Wasser. „Weißt du auch noch, Thommy, wie wir in der Wiese lagen und die vorbeiziehenden Wolken beobachtet haben? Manchmal haben wir am Himmel Figuren entdeckt, weißt du es noch?"

„Ja." Ich kuschelte mich an ihn und küsste ihn dabei innig auf den Mund. Tief sah ich ihm in die Augen und sagte: „Thommy, ich habe bisher immer alles akzeptiert und dich nie wirklich um etwas gebeten, nur jetzt und heute tue ich es. Du bist alles, was mich je glücklich gemacht hat, du bist der, der mich stark gemacht hat, der mir gezeigt hat, was

Lieben bedeutet. Du weißt ja, schon als kleines Mädchen habe ich viel gelesen und mir vorgestellt, wie es wäre, eine Liebesgeschichte, wie sie in meinen Büchern beschrieben war, zu erleben. Auch wenn noch so viele Hindernisse im Weg standen, haben es meine Hauptfiguren immer geschafft, sich einen Weg zu ebnen, der ihrer Liebe würdig war. Manche Geschichten gingen traurig aus, manche glücklich." Ich schluchzte und es fiel mir schwer, die Haltung zu bewahren, denn das Gefühl, dass er mich bald verlassen könnte, ergriff mich, so dass Schmerz mein Herz umschloss. „Weißt du, was das Beeindruckendste an der Liebe ist?", fragte ich ihn. Er schüttelte den Kopf. „Dass wir niemals die Gewissheit haben, ob der andere Mensch, dem man sein Herz geschenkt hat, jemals das Gleiche für einen empfinden wird wie man selbst für diese Person. Wir gehen ein Risiko ein, wenn wir Ja zur Liebe sagen, das Risiko, verletzt zu werden. Manchmal hat man große Angst, normalerweise halten sich die Menschen immer fern von Dingen, die sie ängstigen, erstaunlicherweise aber, wenn es um die Liebe geht, verlieren wir unsere Kontrolle und gehen dieses Risiko ein, da man nicht anders kann, als dem zu folgen, was einem sein Herz sagt. Das ist das größte Geschenk, das man einem anderen Menschen machen kann. Wir hatten es zu Anfang leicht, da wir beide keine Zweifel hatten, es war wie Magie. Die Magie, die ich aus meinen Büchern kannte, nur dass es noch eindrucksvoller war, als ich es mir vorstellte. Auch unsere Prüfung begann …

Prüfungen mussten auch all meine Protagonisten bestehen und weißt du was: Sie haben sie alle bestanden, die Liebe hat immer gesiegt. Trotz der Magie wurde unsere Liebe vor die größten Hindernisse und Herausforderungen unseres Lebens gestellt. Die Verantwortung zwang mich, Dinge zu tun, die ich jetzt anders entschieden hätte, jetzt da ich dich hier sehe und nicht dachte, dass es dir einmal so schlecht gehen würde. Ich habe auf dich gewartet, auf deine Rückkehr, und du bist zurückgekommen, ich dachte nur, nach der Zeit des Wartens würdest du hierbleiben, hier bei mir für immer, und wir würden zusammen die Welt verlassen.

Dass es dir einmal so schlecht gehen könnte, damit hatte ich nicht gerechnet. Mit so vielem habe ich gerechnet, dass du mich vergessen hast oder du die Liebe zu mir verloren haben könntest, aber dass ich einmal so machtlos sein könnte, das habe ich nie geglaubt. Ich war es schon damals, als du gehen musstest, und dieses Gefühl der Machtlosigkeit verfolgt mich wie ein Fluch immer wieder aufs Neue …

Deshalb bitte ich dich von ganzem Herzen, Thommy Hevelton, bitte halte durch, der Arzt kommt bald und dann wird es dir schnell wieder gut gehen, dann bauen wir gemeinsam unser Haus und du wirst deine Kinder aufwachsen sehen. Ich habe so lange auf dich gewartet, es gibt keinen Grund, jetzt aufzugeben, alles, wofür wir gekämpft haben, ist zum Greifen nahe und liegt vor uns. Du musst wieder gesund werden, hörst du?"

Thommy räusperte sich und streichelte mir mit schwacher Hand über meine Wange. „Oh Grace, wegen mir musstest du so viel Leid auf dich nehmen, bitte verzeih mir, dass ich nicht so stark bin, wie du es verdient hast. Mein Körper ist kalt, ich spüre nur die Kälte, den Schmerz spüre ich nicht mehr, ich merke, dass ich schwächer werde. Ich gebe mir ehrlich die größte Mühe, kleine Grace." Ich schmiegte mich noch näher an ihn, wollte ihn wärmen. Ich kroch unter seine Decke und hielt ihn fest in meinen Armen, vorsichtig, um seine Wunden nicht zu berühren. Seine Brust wurde von meinen Tränen bedeckt, während er atmete, konnte ich ein lautes Krächzen in seiner Lunge hören. Jeder Atemzug fiel ihm hörbar schwerer. Auch ihm kullerten Tränen herab, herab auf mein Gesicht. Als die Erschöpfung zu groß war, schliefen wir ein.

Kapitel 7

Gibt es Hoffnung?

Am nächsten Morgen weckte mich ein lautes Gepolter. Die Nacht schlief ich tief und fest in seinen Armen. Eilig kam Margareth mit dem Arzt zur Tür hereingestürmt, fast einen Tag war sie unterwegs gewesen, um den Doktor herzubringen. Ich war überglücklich, Mama und den Arzt zu sehen. Sanft rüttelte ich Thommy wach. Seine Atmung war flach. Der Arzt horchte seine Brust ab und inspizierte seine Wunden. Er tränkte ein Tuch mit desinfizierender Flüssigkeit, dabei biss sich Thommy schmerzverzerrt auf die Lippen. Dr. Bensfield sah ihm in die Augen und zwinkerte ihm zu. „Sie schaffen das schon, mein Junge." Er ließ zwei Fläschchen mit der Tinktur da und gab Margareth und mir die entsprechende Anleitung dazu. Im Gegenzug gab Mama ihm unser letztes Geld für die Behandlung. Ein Fläschchen war gegen die Schmerzen und das andere zum Reinigen der Wunden. Wir sollten sparsam damit umgehen, entgegnete er, mehr könne er für uns nicht tun, dann war er auf dem Weg zur Tür. Ich lief ihm hinterher: „Dr. Bensfield, bitte warten Sie noch kurz." Mit einem Fuß war er bereits aus der Tür getreten und der kalte Nordwind blies mir ins Gesicht. „Was meinen Sie, ist es sehr schlimm?" Der Doktor drehte sich zu mir herum, er vermied es, mir in die Augen zu sehen, und sprach leise, dabei auf den Boden schauend: „Um ehrlich zu sein, bin ich mir nicht sicher, ob er die Nacht überstehen wird ... Es tut mir leid."

Ich stand wie festgewurzelt da. Obwohl die Kälte mir das Gefühl in den Fingern nahm und die frostige Luft meine Haut schmerzen ließ, blieb ich stehen und sah dem Doktor noch eine ganze Weile nach, als er gegangen war, bis endlich nur noch ein Punkt im Schnee von ihm und seiner Kutsche zu erkennen war. Bellend und mit dem Schwanz wedelnd, kam Sammy zu mir. Ich kniete mich zu ihm hinunter, streichelte ihn. Jetzt war meine Seele nicht mehr aufzuhalten.

Ich klammerte mich an ihn wie ein kleines Kind, Tränen ergossen sich über sein Fell. Ich fühlte mich wie von Messerstichen durchbohrt, feine, langsame Messerstiche, die im Takt mein Herz sterben ließen. Ich rang nach Luft ... Sie war so klar und frisch und dennoch glaubte ich zu ersticken. Ich brach zusammen, legte mich auf den geeisten Boden vor unserer Haustür. Ich räkelte mich weinend und sprach zu Gott fluchende, verzweifelnde Worte. Ich fühlte mich von ihm verraten ... „Was habe ich dir getan?", schrie ich zum Himmel hinauf, „was habe ich dir getan!?"

Margareth musste mich gehört haben, denn sie kam eilig gerannt, um mich zurück ins Haus zu bringen. „Grace, was hast du plötzlich? Du weckst Thommy auf, bist völlig durchgefroren ..." „Ich habe mit Dr. Bensfield gesprochen und er meint, dass, ... Er sagt, dass, oh Mama ..., dass er es nicht schaffen wird." „Mein Schatz, das weißt du nicht und er auch nicht!" Sie brachte mir eine

Decke und es gelang ihr, mich mit ihren sanften Worten aufzubauen, mich daran zu erinnern, dass es Hoffnung gibt. Ich wurde ruhiger. Er muss weiterleben! Andernfalls würde mein Leben keinen Sinn mehr haben und mir wurde klar, dass ich ihm mit Heulanfällen nicht helfen konnte.

Während Mama das Wasser erhitzte, nahm sie mich ganz fest in ihre Arme, kniete sich vor den Stuhl zu mir herunter. Flüsternd sprach sie: „Oh Gott, mein liebes Mädchen, bitte bleibe bei klarem Verstand, bitte gib den Kampf noch nicht auf, er braucht dich so sehr. Reiß dich zusammen, Grace." Ich trank ein paar Schlucke des heißen Getränks, wischte die Tränen fort und begab mich schweren Herzens wieder zu Thommy, mit dem Vorsatz, ihm mein schönstes Lächeln zu schenken.

Er schlief. Sein Atem, auch wenn er kaum hörbar war, strahlte eine Ruhe aus, die sich wie Medizin auf mein Herz legte. Stundenlang saß ich neben ihm und der Tag verging, ohne dass er ein einziges Mal aufwachte.

Die Nacht war längst hereingebrochen, doch an Schlaf war nicht zu denken. Ich wollte einzig und allein neben ihm liegen und seinem Atem lauschen.

Wie sehr ich ihn liebe … Warum ist das passiert? Wieder und wieder überlegte ich … Stunden später schlief auch ich ein und ein Traum besuchte mich. Er kam mir wirklich vor. Ich sah mich neben Thommy liegend, Sammy wachte neben uns und blickte mich mit seinen treuen Hundeaugen an. Plötzlich, so schien es, dass aus ihm ein helles Licht hervortrat, welches mich stark blendete, da es strahlend hell war. Ich hielt mir eine Hand vor die Augen. Zuerst konnte ich außer einem Weiß nichts erkennen, doch als sich meine Augen an das Licht gewöhnt hatten, glaubte ich, Umrisse einer Person erkennen zu können. Langsam entwickelte sich das Bild einer flackernden Flamme, die inmitten des Weiß erschien. Ich sah näher hin, um „die Person" erkennen zu können. Das Licht flackerte wild immer noch in Weiß und ein Feuerrot mischte sich darunter. Nach und nach sah ich Gesichtszüge, die denen meines Vaters glichen. Ich zwinkerte mit den Augen, wollte mehr sehen, aber es war nicht möglich, die Silhouette näher zu deuten, allerdings konnte ich eine Stimme vernehmen. Es war nicht die Stimme meines Vaters, und wenn, war sie nicht, wie ich sie kannte. „Sieh hin", sagte die Stimme ..., „sieh hin." Ich sah in diesem anhaltenden Licht, das wie ein großer Spiegel vor mir erschien, eine Art Szene, die einem Kriegszustand ähnelte. Reiter, die sich im Krieg befanden ... Einer hielt die französische Flagge empor. Nebel legte sich über das Bild und ein weiteres Szenario folgte. Der „Spiegel" wandelte seine Farbe von weiß-rot zu einem hellen Blau, sodass es aussah, als ob Wolken dieses Bild unterlegten. Ich sah pfeifende Vögel, die sich auf einem Kirschbaum an einem Sommertag erfreuten, süß flatterten sie umher und naschten die Kirschblüten. Ich ging näher an das Geschehen heran, um meinen Augen die Gewissheit zu geben, dass es „wirklich" war, was ich sah.

Rasend schnell wechselte das Bild zu einer erneuten Szene. Das Blau wich einem Weiß, welches weniger grell leuchtete als das vorherige, und wurde von einem leichten rosafarbenen Filter überlegt. Ich sah eine Mutter ihr Kind gebären und wie sie es freudig liebkosend in ihren Armen hielt. Die Bilder traten innerhalb weniger Sekunden hervor.

Schweißgebadet wurde ich durch einen Hustenanfall von Thommy geweckt. Schnell brachte ich ihm etwas zu trinken und half ihm. Langsam beruhigte er sich, rief jedoch fast panisch meinen Namen: „Grace, Grace." Ich fühlte seine Stirn, sie war heißer denn je. Hustend sprach er: „Grace, es ist so warm! Ich brauche Luft, öffne das Fenster." Die kühle Brise empfand er als angenehm. Er war bemüht, sich aufzurichten. In erhöht aufgesetzter Position war es mir möglich, seine Verbände mit der von Dr. Bensfield angeratenen Tinktur zu wechseln. „Versuche, wieder zu schlafen", riet ich ihm, doch er begann: „Grace, was glaubst du, wo wir einmal sein werden, wenn wir gestorben sind?" Ich war auf eine Frage wie diese nicht gefasst. „Wie kommst du denn darauf, Thommy?" Er entgegnete: „Ich meine, glaubst du, dass wir Menschen eine Seele haben oder dass es nur ein Glaube ist, der wie der Glaube an Gott den Menschen dabei helfen soll, in schweren Zeiten weiterzuleben?" Ich wollte nicht mit ihm über den Tod sprechen und gab ihm knapp zur Antwort: „Ich denke, jeder Glaube ist ein Glaube, gerade deshalb, weil er niemals bewiesen werden kann, und es ist doch schön, wenn man an etwas glauben kann oder möchte. Es heißt doch auch: Der Glaube versetzt Berge."

Sicher war das nicht die Antwort, die er von mir hören wollte, denn er begann zu erzählen: „Weißt du, ich habe dir doch von der Frau erzählt, die Albert und mir geholfen hat. Ihr Name ist Amalie und ihr Mann hieß Norman. Sie waren viele Jahre lang glücklich verheiratet, bis er starb. Sie erzählte mir, dass ihre Seelen miteinander verbunden waren und dass sie sich in ihrer Trauer damit tröstet, ihn irgendwann wiederzusehen, sie sei sich sogar sehr sicher. Ich hatte davon noch nie gehört und empfand es als merkwürdig, doch ich fand keinen Grund, ihr in ihrer Überzeugung zu widersprechen. Bevor ich zu dir kam nach Alberts Tod und mich von ihr verabschiedete, wollte ich wissen, wie sie sich so sicher sein könne, und sie erklärte mir, dass sie diese Gewissheit in sich trage – unerschütterlich. Als ich zuletzt vor wenigen Tagen bei ihr war und die Papiere unterzeichnete, schenkte sie mir ein Buch, das wollte sie unbedingt. Dieses Buch beinhaltet Geschichten, von Engeln wiedergegeben, die Menschen erlebt haben und die nach ihrem Tod in einer nicht stofflichen Form wieder zueinander gefunden haben. Ich habe es noch nicht lesen können, sie hat mir von dem Inhalt erzählt. Es soll auch darin stehen, dass Seelen, die sich lieben, immer wieder über Leben und Zeiten zueinander finden und nie wirklich voneinander getrennt sein werden. Dies gibt mir Anlass, darüber nachzudenken …" „Thommy, das hört sich wirklich seltsam an ...Weißt du was? Ich schlage vor, du liest es, wenn du wieder ganz gesund bist, und erzählst mir dann davon. So kannst du dir eine eigene Meinung bilden, nur jetzt brauchen wir von diesen wundersamen Dingen wirklich nicht zu sprechen, ist das in Ordnung?" „Natürlich, Grace." Ich bemühte mich, mit fester Stimme zu sprechen, und hoffte, dass er nicht bemerkte, dass ich ein paar Mal kurz davor war, die Beherrschung zu verlieren. Mir fehlte die Kraft, mit ihm über den Tod zu sprechen.

Anstatt sich endlich auszuruhen, sprach er weiter:

„Grace, du hattest mich einmal gefragt, ob ich mir vorstellen könnte, dass Albert damals Schuld an Margareths Verbrechen hatte. Zuerst konnte ich es mir nicht vorstellen oder ich wollte es nicht, doch über die Jahre ließ mich der Gedanke nicht los, dass er es doch gewesen sein könnte. Warum half ich ihm und blieb bei ihm, obwohl er so ein schlechter Mensch war? Ich hätte ihn einfach fragen

sollen, ob er es war, doch ich tat es nicht, ich
konnte es nicht, ich hatte Angst vor der Wahrheit und wenn es tatsächlich so gewesen
wäre, hätte ich meinen eigenen Vater erschla-
gen ..." „Oh Thommy, nein, was geschehen
ist, ist geschehen, du trägst keine Schuld, wir
können es nicht mehr ändern, selbst wenn du
ihn gefragt hättest."

Thommys Gedanken:
Ich erinnerte mich an das Gespräch mit Al-
bert kurz vor seinem Ableben:
Ich kam an sein Bett und sah, dass ihn seine
Kräfte mehr und mehr verließen. Er rief mich
mit leiser Stimme näher zu sich: „Junge, es
dauert nicht mehr lange und mein Ende ist
gekommen. Ich war kein guter Vater zu dir,
das weiß ich, doch du hast mich nie im Stich
gelassen, obwohl ich es verdient hätte. Meine
Reue kommt spät, zu spät für dich, zu spät für
mich, doch du bist ein guter Junge und jetzt
mach, dass du wegkommst, ich sterbe und
will dabei meine Ruhe haben." „Vater, eine

Frage habe ich an dich.“ Lustlos hörte er mir noch einmal zu. „Was denn noch, Junge?“ „Bitte, ich muss wissen, ob du damals an der Sache mit Grace's Mutter, Mrs. Hartley, beteiligt warst, ich meine, warst du es, der sie verletzt hat?“ „Ich habe keine Ahnung, Junge, wovon du sprichst, was für eine Sache du meinst.“ „Sie wurde überfallen“, sagte ich ihm. „Junge, ich habe jetzt nichts mehr zu verlieren und würde es dir sagen, wenn es so gewesen wäre. Ich trage Schuld an vielen Dingen, doch auf mein Wort: Damit hatte ich nichts zu tun! Und jetzt geh, Junge, es ist Zeit.“ Ich sah ihn ein letztes Mal an und schloss dann die Tür. Als ich sie Stunden später wieder öffnete, lag er tot im Bett. Es war vorbei. Ob er seinen Frieden gefunden hatte, wage ich zu bezweifeln. Meine Trauer hielt sich in Grenzen, wenigstens erwies er mir einen Dienst im Leben, indem er ehrlich zu mir war und mir im Falle von Margareth Gewissheit verschaffte. Ich glaubte es ihm und das wollte ich Grace eines Tages erzählen ...

„Nein", entgegnete ich ihr, „ich habe kurz vor seinem Tod den Mut aufgebracht und ihn gefragt, ob er es getan hat. Er war es nicht, Grace, er war es nicht. Ich glaube ihm."

Dass Thommy noch mit ihm darüber sprechen konnte, empfand ich als befreiend, nicht um meinetwillen oder Margareths willen, es änderte nichts an der Tatsache, dass es passiert ist, aber um Thommys willen, dass er sich nicht länger wegen einer Tat seines Vaters erniedrigt fühlen musste, die er nicht begangen hatte.
Ich konnte die Erleichterung in seinem Gesicht sehen, nachdem er es mir erzählt hatte.

Tage vergingen, jeden Tag wechselte ich sorgfältig seine Verbände und seine tiefen Blessuren wuchsen langsam wieder zusammen. Nach einigen Wochen war es uns möglich, seinen Schlaf- und Ruheplatz vom Wohnzimmer in mein Zimmer zu verlagern, auch sein Appetit kam mehr und mehr zurück. Eines Morgens war es ihm sogar möglich, sich allein aufrecht im Bett hinzusetzten. Er war weniger blass und seine Lebensgeister kehrten langsam zurück. Nach der Prophezeiung des Doktors grenzte dies an ein Wunder.

Ein weiterer Monat verging, es war ein sonniger Tag und er bestand darauf, einen Spaziergang zu machen. Ich hatte immer noch Angst um ihn und befürchtete, dass das zu früh sein würde. Lieber hätte ich mir den Rat des Arztes eingeholt. Um auszuschließen, dass er noch Temperatur hatte, fühlte ich seine Stirn, welche nicht auffällig warm war. Ich beriet mich mit Mama: „Er lässt nicht locker, was meinst du, wäre ein Spaziergang zu anstrengend für ihn, ich will seinen Heilungsprozess auf keinen Fall gefährden." „Geht eine kleine Runde, das dürfte ihm nicht schaden, ihr könnt Sammy mitnehmen." „Meinst du wirklich?" „Er hat jeden Tag etwas gegessen, er hat Farbe im Gesicht und kein Fieber, die Verletzungen heilen gut – es spricht nichts dagegen, Grace." Ich lief die Treppe hoch zu

ihm ins Zimmer. „Thommy." Ich legte ihm
seinen Mantel auf das Bett. „Na los, zieh dich
an, wir gehen mit Sammy eine Runde." Seine
Augen strahlten, ich half ihm beim Anziehen,
vorsichtig, um seine Verletzungen nicht zu
berühren. „Aber nur ein kleiner Spaziergang", ermahnte ich ihn. „Zu Befehl", antwortete er heiter und lachend. Wir gingen
wirklich nur ein kurzes Stück, er war noch
wackelig auf den Beinen, aber es war ein
wunderschöner Frühlingstag und etwas, was
ich beinahe schon zu hoffen aufgegeben hatte, mit ihm noch erleben zu dürfen, erfüllte
sich. Gleich danach bekam er Anweisung von
mir, sich wieder ins Bett zu legen. „Morgen
gehen wir wieder, Grace, vielleicht ein bisschen länger?" „Wenn du jetzt wieder schläfst
und nachher dein Abendessen aufisst, können
wir darüber reden." Ich zwinkerte ihm dabei
zu. Zufrieden legte er sich hin. Ich blieb bei
ihm und las in einem meiner Bücher.
Tatsächlich folgte er meinen Anweisungen,
die ich für sein Genesungsprogramm für

richtig hielt, so dass im darauffolgenden Monat seine Wunden beinahe reizlos waren.

Ich kann gar nicht sagen, wie glücklich ich war. Es war unmöglich, dass jemand oder etwas meine Freude hätte trüben können – beinahe.

Als Thommy die folgenden Tage wieder fast der Alte war, kam er mit einem Anliegen und reichte mir ein Papier. „Was ist das?", wollte ich wissen. „Das ist das Übergabeschreiben von Amalie, das bestätigt, dass ich der alleinige Besitzer des kleinen Häuschens am See bin, von dem ich dir erzählt habe, Little Greenfield." „Das in England, wo du oft angeln warst?" „Ja." „Und das bedeutet was?" „Na ja, ich wollte es dir zeigen und wenn es dir gefällt, könnten wir dort einziehen." „Was?", sprach ich sogar etwas vorwurfsvoll. „Du willst jetzt schon wieder verreisen, nachdem du gerade so überlebt hast, das ist nicht dein Ernst!?" „Bitte, Grace, sei nicht sauer, ich dachte schon, dass du darauf so reagieren würdest, aber … weißt du, wir können es auch verkaufen, ich muss so oder so noch einmal dorthin und ich muss gestehen, ich hänge doch mehr an dem Häuschen, als ich dachte, und wollte wissen, ob es dir auch gefällt, dann könnten wir es behalten und in England würde ich Arbeit finden, hier nicht." Ich antwortete zunächst überhaupt nichts, sondern starrte den Schrieb an. „Grace, bitte sag doch etwas." „Lass mich bitte in Ruhe darüber nachdenken. Du bist gerade erst wieder gesund geworden und eine so lange Reise würde dich fürchterlich anstrengen, ich dachte, ich hätte dich verloren, zweimal schon ..." „Ich verstehe dich ja, Grace ..., nur es könnte der Neuanfang sein, von dem wir beide immer geträumt haben." „Lass uns morgen darüber reden, Thommy, bitte."

„Wo gehst du hin?", wollte er wissen, da ich meinen Mantel und Schuhe anzog. „Ich gehe spazieren, ich muss den Kopf frei bekommen." „Aber es ist schon dunkel draußen." „Keine Sorge, ich nehme Sammy mit." „Soll ich nicht vielleicht mitkommen?" „Nein, ich pass auf mich auf." Ich sah ihm an, dass es ihm nicht recht war, mich allein gehen zu lassen, denn es war bald Mitternacht. Sternenklar leuchtete der Himmel über mir und die Frühlingsluft ließ außer einer kleinen Brise keine Kälte zu. Ich empfand es, als würde ich vor der gleichen Entscheidung wie damals stehen. Bliebe ich hier bei Margareth oder würde ich mit ihm gehen? Klar war mir aber, dass ich diesmal anders entscheiden müsste. Als ich zum Mond hinaufsah, erinnerte ich mich zurück an damals, als wir fliehen wollten. Ich setzte mich in das trockene, hochgewachsene Gras und blickte weiter zum Himmel, Sammy legte seinen Kopf in meinen Schoß. Ich atmete die klare Luft ein und ging die verschiedenen Möglichkeiten betreffend der Reise und des Umzugs durch. Was sollte aber Margareth mit Matthew hier allein tun? Jetzt gleich würden wir sicher nicht aufbrechen, er war noch angeschlagen ... Wo würde er arbeiten? Auf dem Rückweg nach Hause überschlugen sich meine Gedanken beinahe und ich glaubte, eine Lösung gefunden zu haben. Unter der Bedingung, dass wir erst in zwei Monaten nach England gehen, Mama und Matthew mitkommen würden und wir das Haus hier verkaufen, wäre es ein gutes Übereinkommen.

Kapitel 8

Aufbruch in ein neues Leben

Es war bereits mitten in der Nacht, als ich in mein Zimmer kam. Thommy war noch wach und las. „Gott sei Dank, da bist du ja wieder, Grace. Geht es dir besser?" „Ja, ich habe mir etwas überlegt ... Bestünde die Möglichkeit, dass Mama und Matthew mitkämen nach England? Dann könnten wir das Haus hier verkaufen und hätten sogar ein wenig Geld. Ich meine, gäbe es dort genug Platz für die beiden zusätzlich?" „Natürlich." „Wäre das denn auch für dich in Ordnung, Thommy?" „Wenn du glücklich bist, bin ich es auch." Er nahm meine Hand und sah mir liebevoll in die Augen. Entschlossen sprach er: „Dann machen wir das so!" „Warten Sie, Mr. Hevelton", sprach ich neckend zu ihm. „Es gibt da noch eine Bedingung." „Die wäre, Mrs. Hartley?" „Wir warten noch zwei Monate, bis du wieder vollständig hergestellt bist und deine Gesundheit robust genug ist!" „Das hört sich vernünftig an." Dabei lächelte er. Wir umarmten einander und legten uns dann schlafen. Arm in Arm schliefen wir ein. Ich war glücklich und ein wenig Vorfreude auf unser gemeinsames Leben in England erfüllte mich.

Am nächsten Morgen beim gemeinsamen Frühstück weihten wir Margareth in unseren Plan ein und befragten sie zu ihrer Ansicht, ob sie hierbleiben wolle, da es ihr sicher nicht leichtfallen würde, das Haus, welches Papa für uns gekauft hatte und mit dem sie Erinnerungen an ihn verband, einfach so zu verlassen. Aber sie war freudig überrascht. „Mein Schatz, wenn ich euch nicht zur Last falle, würde ich gerne mit euch kommen, vielleicht kann Matthew dann auch einmal in die Schule gehen. Ich könnte mich auch nach Arbeit umsehen und ..." Ihr fielen allerlei Vorteile ein, die der Umzug mit sich bringen würde. Gleich organisierte Margareth mit Thommy den Ablaufvorgang bezüglich des Hausverkaufs. Am darauffolgenden Tag liefen Mama und ich nach Foret Brun und boten es zum Verkauf an. Jetzt hieß es nur noch warten, bis sich ein Interessent bei uns melden würde. Länger als vermutet mussten wir uns gedulden, ehe endlich jemand eines Nachmittags kam und einen angemessenen Preis vorschlug. Ohne lange zu überlegen, willigte Margareth nach Beratung mit Thommy in den Verkauf ein. Wir beschlossen, die nächsten zwei Wochen auszuziehen.

Am Tag der Abreise hatten wir keine Kutsche, die uns nach Foret Brun bringen konnte, daher mussten wir unser Gepäck auf das Nötigste reduzieren. Matthew war ganz aufgeregt, ich ebenso. Obwohl ich in England geboren wurde, hatte ich nur noch eine vage Erinnerung an das Land. Als wir am nahegelegenen Hafen bei Foret Brun ankamen, wartete bereits das Überfahrtsschiff auf uns, welches ich aus der Ferne sehen konnte.

Alles war so belebt, jeder Mensch, dem wir begegneten, machte einen beschäftigten Eindruck. Es herrschten Hektik, Trubel. An jeder Ecke roch man Essen, in der einen frisches Gebäck, in der anderen geräuchertes Fleisch und am Hafen angekommen, roch ich salzigen Fisch. Die hübschesten Mädchen und Frauen sah ich in den farbenfrohesten und prächtigsten Gewändern. Die Männer waren ebenso elegant und stilvoll gekleidet. Wunderschöne Kutschen durchquerten die Straßen. Doch als wir eine Seitengasse passierten, sah ich auch das Gegenteil dieser gehobenen Klasse: Bettler, alte und kranke Menschen, schreiende Kinder, die dünn und abgemagert aussahen, Mütter, die überfordert wirkten, ihre Kinder schlugen. Die Gesichter der Frauen strahlten eine Verbitterung und Härte aus, die mich erschütterte. Es roch nach Urin und die Kinder spielten mit ihrem eigenen Kot. Sammy schnüffelte rund herum. Als ein hagerer Hund sein Revier verteidigen wollte, kam es zu einem kurzen Gefecht zwischen den beiden. Schnell verließen wir diesen Ort und erreichten bald darauf unser Schiff.

Auch auf dem Schiff herrschte reges Treiben, doch hier waren alle Menschen sehr gepflegt und freundlich gesinnt. Matthew steuerte gleich auf einen Fensterplatz zu, er war hellauf begeistert von dem Szenario, das an Bord und rund um das Wasser im Hafen herrschte. Ich war heilfroh, dass wir den langen Fußmarsch hinter uns hatten und sich das Schiff in Bewegung setzte, jetzt konnte uns nichts mehr aufhalten. Sogar musiziert wurde. Ich hatte als kleines Mädchen einmal Musik gehört, die mir als süße Melodie in Erinnerung blieb. Die Musik, die sich für mich wie Volksmusik anhörte, half mir dabei, die traurigen Bilder aus der Seitengasse vor meinem inneren Auge verschwinden zu lassen. Alle Passagiere lachten, einige fingen sogar an zu tanzen. Thommy nahm meine Hand. „Grace, weißt du eigentlich, wie glücklich ich bin?"

„Das bin ich auch, Thommy." Er kniete sich

zu meinen Füßen, dabei meine Hände festhaltend, und sprach. „Grace Hartley, möchtest du meine Frau werden?" Als ich mir darüber klar wurde, was er gesagt hatte, und ich völlig überrascht war, musste ich weinen – vor Freude. Ich umarmte ihn stürmisch und besiegelte meine Antwort „Ja!" mit einem Kuss auf seinen Mund. „Den Ring bekommst du noch, sobald wir in England sind, versprochen!", sagte er. Obwohl ich dachte, dass alle Menschen um uns herum mit sich selbst, Tanzen oder Singen beschäftigt waren, hatten einige mitbekommen, was gerade passiert war, denn andere Gäste fingen an, zu jubeln und zu klatschen. Margareth freute sich so sehr für uns beide, dass auch sie zu schluchzen begann. Matthew drückte mir einen Kuss auf die Wange. Es kamen Menschen zu uns, die uns aufforderten, mit ihnen mitzutanzen. Ich konnte überhaupt nicht tanzen, aber auch Thommy bestand darauf und zusammen mit den anderen bewegten wir uns, jeder auf seine Art und Weise, im Takt der fröhlichen Musik. Es war ein geselliges und freudiges Bei-

sammensein. Ich lachte und tanzte, war außer
mir vor Glück.

Bevor das Schiff anlegte, wurde es ruhiger
und die Passagiere ruhten sich aus.

Nach der Ankunft in England verabschiedeten wir uns von einigen Mitreisenden, die so
hingebungsvoll und enthusiastisch mit uns
gefeiert hatten.

Es war Morgen in England und für uns hieß
es jetzt, eine Kutsche zu finden, die uns zu
unserem Häuschen bringen würde. Es dauerte
nicht lange. Die Fahrt konnten wir uns durch
den Erlös des Hausverkaufs leisten.

Nachdem wir durch einige kleine Dörfer ge-
fahren waren und ich von der grünen und hü-
geligen Landschaft vollends beeindruckt war,
erreichten wir in Kürze unser neues Zu- hause. Es war angenehm mild, ein reger Wind
wehte und ab und zu spitzte die Sonne hervor. Hier waren wir also angelangt – in Little
Greenfield, unserer neuen Heimat. Der erste
Eindruck, den das freundlich aussehende

kleine Häuschen, von grünen Sträuchern und Obstbäumen umgeben, auf mich machte, war sehr positiv. Ich fühlte, dass es die richtige Entscheidung war. Obwohl ich noch nicht einmal das Innere des Hauses gesehen hatte, wusste ich es einfach, dass wir uns hier wohl-fühlen würden. Rund um das Häuschen plät-scherte der Fluss, von dem mir Thommy so viel erzählt hatte. Rosenbüsche zierten den Rundweg. Niedliche kleine Fenster versteck-ten sich hinter dem entlangwachsenden Efeu. Vielleicht würde ich ihn ein wenig stutzen, damit mehr Licht in das Haus kommen kann, so dachte ich. Ich war so gespannt, wie es von innen aussehen würde. Thommy holte den Schlüssel, der in einem kleinen Garten-häuschen unter mehreren Holzbrettern ver-steckt lag, hervor, dann überreichte er ihn mir: „Sperr du auf, Grace, du sollst als Erste das Haus betreten." Lächelnd folgte ich sei-nem Wunsch. Das Erste, was mir auffiel, war ein altertümlicher Geruch, welcher aber nicht unangenehm war. Die Einrichtung bestand zum größten Teil aus Holz. Es gab ein unteres und ein oberes Stockwerk, zu dem man über eine kleine Wendeltreppe gelangte. An den Wänden hingen vereinzelt verschiedenartige Gemälde, die alle einen traurigen Eindruck machten, dennoch wunderschön und originell gemalt waren. Die Hauptfarbe aller Malereien war blau. Ein Bild hatte es mir besonders angetan, so dass ich kurz meine Neugierde über die weitere Erkundung des Hauses vergaß. Ich blieb einen Moment davorstehen und ließ es auf mich wirken. „Was ist denn, Grace, willst du gar nicht die anderen Zimmer sehen?" „Weißt du, wer diese Bilder gemalt hat, sie sind wunderschön – faszinierend." „Sie gefallen dir?" „Sie strahlen eine gewisse Melancholie aus, aber ja." Er fragte mich: „Was erkennst du auf diesem Bild?" Es war keine wirkliche Zeichnung darauf zu erkennen, mehr eine Andeutung von Facetten und Grundrissen, nicht detailliert. „Ich denke, ich erkenne ein Gesicht, das Gesicht einer Frau vielleicht, das hier könnten die Haare sein", dabei berührte ich vorsichtig das Bild. „Ich", entgegnete er. „Was?" „Ich habe sie gemalt – die Bilder." „Ich wusste gar nicht, dass du malen kannst, du hast nie etwas davon erzählt." „Na ja, ich hielt es nicht gerade für eine glanzvolle Leistung, es war nur oft so, dass ich lange darauf wartete, dass ein Fisch anbiss, und ich irgendetwas tun musste, um meine Traurigkeit zu vergessen, dann habe ich eben gemalt." Wir wurden in unserem Gespräch unterbrochen. Matthew kam angerannt und wollte endlich sein neues Zimmer sehen, er musste doch seinen Teddybären ins Bett legen, da er von der langen Reise so müde geworden war. Wir besichtigten also den Rest des Hauses und Thommy zeigte uns ein Zimmer, das er für Matthew vorgesehen hatte. Der kleine Kerl war außer sich vor Freude. Ein paar Mal flitzte er noch die Wendeltreppe rauf und runter, bis auch er völlig erschöpft von all der Aufregung neben seinem Teddybären einschlief. Margareth nahm das Zimmer direkt neben ihm, Thommys und meins war am Ende des oberen Stockwerkes und das größte. Wir hatten auch das größte Fenster mit einem herrlichen Ausblick auf die

173

Rosensträucher. Im Wohnzimmer war ein kleiner Kaminofen, ähnlich wie der, den wir in Foret Jaune hatten. Es gab einen Sessel vor dem Kamin und ein etwas breiteres Canapé, als unser vorheriges es war. Die Küche war klein, aber fein. Vor dem Haus standen ein Tischchen und eine Bank, die bei schönem Wetter zum Draußenessen einluden. Es war schöner, als ich es mir vorgestellt hatte. Uns allen gefiel es und Thommy nahm mich in seine Arme, hob mich hoch und wirbelte mich aufgeregt und voller Euphorie im Kreis herum. Einen Moment dachte ich daran, als wir noch Kinder waren, damals tat er das auch sehr gerne.

Ich war so bereit, bereit wie noch nie zuvor in meinem Leben, ein neues Kapitel zu beginnen. Einige Traditionen, die wir schon immer zu tun pflegten, behielten wir uns bei und so lasen wir uns beinahe jeden Abend gegenseitig vor dem Kamin vor. Es hatte für mich immer noch etwas Beruhigendes.

Wir versuchten, Matthew auch das Lesen bei-
zubringen, doch das taten wir tagsüber, da der
Kleine abends viel zu müde war.

Nach ein paar Tagen hatten wir uns recht gut
eingelebt und fühlten uns wohl. Pläne wurden
geschmiedet, unser eigenes Gemüsebeet anzulegen, und ich wollte unbedingt ein Vogelhaus für die kleinen Spatzen, denen ich jeden
Morgen und Abend ein paar Brotkrumen zum
Essen gab. Thommy versprach, mir eines zu
schnitzen.

Kapitel 9
Amalie

Eines Nachmittags, es war noch angenehm
mild und die Sonne schien noch leicht, saß
ich vorm Haus und spielte mit Sammy, da sah
ich aus der Ferne eine Person. Als sie näher
in meine Richtung lief, konnte ich erkennen,
dass es eine Frau war. Sie war schwarz gekleidet, trug einen Hut, der ihr Gesicht ver-

deckte. Braunes lockiges Haar war darunter zu sehen. Sie hatte einen Schirm dabei, mit dem sie sich vor der Sonne schützte. Ich beobachtete sie weiter und wollte erfahren, wohin sie ging, es sah aus, als wollte sie zu uns. Tatsächlich blieb sie vor dem Zaun stehen und rief: „Hallo, entschuldigen Sie bitte die Störung, Sie müssen Grace sein." Ich war erschrocken, wer war diese Dame? Woher kannte sie meinen Namen? Misstrauisch antwortete ich ihr: „Ja ... und wer sind Sie bitte?" „Mein Name ist Amalie, ich bin eine Freundin von Thomas. Ich möchte sie nicht stören, meine Liebe, ich wollte nur sehen, ob Sie sich gut eingelebt haben oder Sie irgendetwas benötigen, ob ich behilflich sein könnte." „Das ist sehr freundlich, wir kommen sehr gut zurecht, danke." Sie wirkte sympathisch auf mich und Thommy würde sie bestimmt gerne wiedersehen. Ich wollte nicht unhöflich sein und wusste ja, dass ich keine Angst haben müsste, dass er ein anderes Interesse als Freundschaft zu der Dame pflegte. Deshalb sprach nichts dagegen, sie auf eine

Tasse Tee hereinzubitten. Ich konnte nicht umhin, sie zu mustern, es geschah ganz selbstverständlich. Ihr Gesicht zierten Falten, die sie aber nicht alt, sondern weise erscheinen ließen. Unter ihrem Hut waren braune Locken zu sehen, die vereinzelt graue Strähnen umspielten. Sie war eine klassische Schönheit, ihre Ausstrahlung empfand ich als jugendlich, gepaart mit schlichter Eleganz. Sie war von schlanker Statur, ihre Augen waren blau, sie wirkten traurig und aufrichtig. Ihr Lächeln war offen und herzlich. Amalie machte einen vornehmen Eindruck, zeigte jedoch keine Spur von Hochnäsigkeit und ich war davon überzeugt, hier keine Feindin oder Konkurrentin vor mir zu haben. Thommy und Amalie gingen sehr freundschaftlich miteinander um und mehr war es nicht, auch Margareth und Matthew stellte sie sich vor – es war ein unterhaltsamer Nachmittag . Wir erzählten ihr von Foret Jaune, von unserer Anreise und Amalie gab uns Ratschläge zu den Märkten in der Umgebung. „Ich habe immer wieder einen Spaziergang unternommen und wollte wissen, wie ihr euch entschieden habt, ob ihr Little Greenfield verkauft habt oder doch eingezogen seid. Ich war ein wenig neugierig", sagte Amalie. „Ich fühle mich manchmal allein und sehne mich nach persönlichem Austausch, denn mit meinen Angestellten ist es mir nicht möglich, eine annähernd so gute und gesellige Unterhaltung zu führen wie mit einem Freund oder einer Freundin." „Das verstehe ich", sagte ich. „Und Thomas ist mir immer ein guter und treu ergebener Freund gewesen." Bevor sie sich verabschiedete, lud sie uns zu sich zu einem Abendessen ein. Wann es uns am liebsten wäre, wollte sie wissen. Ich erklärte ihr: „Wir würden sehr gerne kommen und überlassen es Ihnen, wann es für Sie am besten passt." „Nun, meine Liebe, dann sagen wir gleich morgen Abend, ich freue mich über Ihre Gesellschaft und Sie sind tatsächlich noch schöner, als es Thomas erzählt hat." Ich wurde rot, freute mich aber über das Kompliment. „Mrs. Florent", hielt ich sie an. „Bitte sagen Sie Amalie, meine Liebe." „In Ord-

nung, Amalie, mir ist nur aufgefallen, Sie
sind zu Fuß zu uns hergekommen und es wird
schon bald dunkel …" „Sie sind wirklich aufmerksam, aber ich habe nur eine Viertelstun-
de Fußweg und allzu dunkel ist es noch nicht.
Seien Sie unbesorgt, meine Liebe! Ich genieße stets einen flotten Spaziergang. Seien Sie
morgen meine Gäste um, sagen wir, achtzehn
Uhr, Thomas kennt den Weg." „Gerne, Mrs.
…, ich meine, Amalie, und bitte sag auch Du
zu mir." Ich reichte ihr meine Hand und sagte: „Grace." Sie schenkte mir ein Lächeln und
ich sah dieser beeindruckenden Frau noch so
lange hinterher, bis ich beinahe sicher sein
konnte, dass sie unversehrt zu Hause angekommen war.

„Ich mag sie, Thommy." „Wen? Amalie?"
„Ja, ich hoffe, sie findet mich ebenso sympathisch!" „Das tut sie, Grace, das tut sie, ich
weiß es." „Trägt sie seit dem Tod von Norman nur noch schwarz?", wollte ich wissen.
„Ich habe sie noch nie in einer anderen Farbe
gekleidet gesehen", sagte er. Das stimmte
mich traurig.

Ich war auf den nächsten Tag, auf das Abendessen gespannt und freute mich darauf, Amalie näher kennenzulernen.

Von unserem Häuschen bis zu Amalie war es tatsächlich nicht weit zu Fuß. Als wir vor ihrem Anwesen standen, verschlug es Margareth und mir fast die Sprache. Es war ein richtiger Palast. Überall waren Kerzenleuchter und Wachmänner zu sehen. Hohe Zäune zierten den Vorhof zum Eingang ihres Heimes. Eine Kutsche und mehrere Pferde standen vor der Tür des Eingangs. Ein Bediensteter öffnete uns die Tür. Unsere Füße berührten einen detailliert angefertigten Marmorboden, der unzählige facettenreiche Muster zeigte. Das Foyer war beinahe so groß wie unser Haus. Bilder hingen in Reih und Glied an der Wand. Zwischen jedem Bild hing eine brennende Kerze, gesteckt auf einen silbernen Halter, so dass man beim Betrachten des ganzen Raumes den Eindruck eines Lichtermeeres bekam. Ein langer roter Teppich verdeckte die Mitte des Marmorbodens. Kein

Staubkorn war zu sehen. Amalie musste unsere Schritte gehört haben oder einer ihrer Bediensteten informierte sie über unser Eintreffen, denn freudig und mit offenen Armen kam sie schnellen Schrittes auf uns zugelaufen und bat uns, unsere Mäntel abzulegen. Diese reichte sie einem Herrn namens „Philippe" zum Aufhängen. „Ich hoffe, ihr habt reichlich Hunger mitgebracht, meine Köche haben sich ein Festmahl ausgedacht, das ich selbst in diesem Ausmaß noch nicht gegessen habe." Sammy setzte sich brav in eine Ecke und benahm sich vorbildlich. Sogleich brachte man ihm einen Hundenapf und etwas zu trinken, damit war er sichtlich zufrieden. Matthew machte sich laut bemerkbar: „Oh ja, ich habe einen Riesenhunger." Alle lachten und Amalie brachte uns in den Speisesaal, dieser war noch wesentlich prunkvoller als das Foyer. Ein Kaminfeuer brannte, alles war in dunkelroten Farben und dunklem Holz eingerichtet. Noch mehr Gemälde als in dem eben gesehenen Foyer zierten die Wände wie eine Art Ahnengalerie. Es war ein angenehmer, Ruhe ausstrahlender Raum. Der Tisch war groß genug, um mindestens fünfzig Leute daran sitzen lassen zu können. Die Vorspeisen oder zumindest ein Teil davon, wie ich gleich erfuhr, standen bereits hübsch angerichtet da. Verschiedene Salate, allerlei Brot, Gemüse und Käse. So viel Essen hatte ich noch nie auf einem Tisch gesehen und das sollte erst die Vorspeise sein … Nein, das genügte immer noch nicht, denn Philippe kam mit zwei anderen Männern herein und servierte uns eine herrlich duftende Suppe aus der Küche, frisch und noch warm dampfend. „Nun", sagte Amalie. „Getränkewünsche gebt bitte bei Philippe in Auftrag und ich hoffe, dass euch meine Köche zufriedenstellen können, sodass wir einen fröhlichen Abend miteinander verbringen werden. Der Chefkoch empfahl einen halbtrockenen Rotwein zum Essen, den ich mir nicht entgehen lassen wollte. Ich hatte noch nie zuvor Rotwein getrunken. Margareth, Thommy und Amalie tranken den selbigen. Amalie ergriff das Glas und sprach: „Danke für euer Kommen." Im gleichen Atemzug erwiderten wir alle gleichzeitig: „Danke für die Einladung, guten Appetit." Als ich den ersten Schluck nahm, entfaltete sich ein angenehmer Geschmack von Weintrauben in meinem Mund, es war köstlich. Die Suppe, die gereicht wurde, war vorzüglich. Ich konnte Karotten, Sellerie und Milch herausschmecken. Deftig würzig mit einer Spur von Süßem. Eigenartig, extravagant, besonders. Sogar Matthew, der neben mir saß, schien es zu schmecken, obwohl er Karotten gar nicht mochte. Ich denke, da sie püriert waren, wusste er gar nicht, dass es welche waren. Er bekleckerte sich allerdings und es war ihm sichtlich peinlich, da er rot im Gesicht wurde, ich flüsterte ihm zu: „Das macht nichts" und nahm mein Tuch, um ihm den orangefarbenen Fleck auf seinem Pullover wegzutupfen. „Die Vorspeise, meine Lieben, hat euch geschmeckt?", wollte Amalie wissen. „Fantastisch" und „Oh, lecker", „Oh ja", „Wunderbar", raunte es über den Tisch. „Dann seid ihr bereit für den Hauptgang?" Mit dem Kopf nickend und bejahend, ging es also weiter. Amalie klingelte mit einem Glöckchen, das den Bediensteten das Stichwort zum Servieren des nächsten Ganges gab. Ich traute meinen Augen nicht. Ein riesiges knuspriges und glänzendes Stück Fleisch wurde auf einem Silbertablett gereicht, dazu Kartoffeln und gebratenes Gemüse. Amalie ergriff wieder das Wort: „Ich hoffe, ihr esst gerne Truthuhn? Thomas hat ihn immer gerne gegessen." „Ehrlich gesagt haben wir noch nie Truthuhn gegessen, Amalie", sagte ich, „aber mir läuft das Wasser im Munde zusammen." „Mir auch", sagte Mama. Matthew sagte nur „Ohhh", als ihm Philippe ein viel zu großes Stück auf den Teller legte. „Bestelle deinen Köchen einen herzlichen Gruß von mir", sagte Thommy zu Amalie, „sie haben sich heute selbst übertroffen, es schmeckt besser als jemals zuvor." „Das freut mich und ich werde das Kompliment an die Küche weitergeben." Mein Bauch war bereits nach der Hälfte des Fleisches, welches ich verzehrt hatte, voll, doch es war einfach zu lecker, um mit dem Essen aufzuhören. Ein Zuviel an Essen …, nicht einmal die Hälfte des Vogels wurde verzehrt, obwohl Thommy seinen Teller ein zweites Mal volllud. „Ihr macht alle zufriedene Gesichter, ich gehe also davon aus, dass es euch geschmeckt hat!?“ „So satt war ich noch nie, Amalie, danke sehr, ich wusste gar nicht, dass es so etwas Leckeres gibt.“ Dabei lächelte ich sie an. „Das ist schön“, sagte sie, „nun werdet ihr aber nicht drum herumkommen, eure Nachspeise zu essen.“ Einerseits befürchtete ich, mein Magen würde platzen, andererseits war ich wie begierig darauf, auch diese kulinarische Spezialität zu kosten. Wieder klingelte sie mit ihrem Glöckchen und der dritte Gang wurde serviert, dieser wurde auf einzelnen Tellern direkt vor uns hingestellt. In der Mitte des Tellers war ein kleines Glasgefäß, in dem eine kalte, feste Masse enthalten war, die obendrauf eine Beere zierte. Am Tellerrand weiteres Obst, das wie in Zucker erhitzt aussah. Die kalte Masse schmeckte nach Nuss und war in Kombination mit dem Obst ein einmaliges Geschmackserlebnis. „Was ist das genau?", fragte ich Amalie. „Es ist unglaublich lecker, ich habe noch nie etwas Derartiges gegessen." „Das ist karamellisiertes Obst und Nusseis." „Das ist fantastisch, oder Thommy?", fragte ich ihn. „Ja, es ist einmalig, ich habe es auch noch nie zuvor gegessen." Matthew wollte noch einen Nachschlag haben, er hatte das Eis hastig aufgegessen, doch Margareth wollte nicht, dass ihm schlecht werden würde, und erlaubte es nicht. Alle Teller waren leer und ich fühlte mich gesättigt wie noch nie – übersättigt, doch keinen Bissen zu viel bereute ich.

„Noch jemand einen Tee?", fragte Amalie. „Zur Verdauung." Gerne tranken wir alle noch eine Tasse. Matthew schlief fast auf dem Stuhl ein. „Möchte er sich nicht vielleicht lieber hier in den Sessel am Kamin legen, solange wir noch unseren Tee trinken?", fragte Amalie meine Mutter. „Das wäre sehr freundlich", sagte sie. Sogar eine Decke bekam er und war sofort eingeschlafen.

Während des Tees unterhielten wir uns über allerlei Dinge, über Thommys Sturz bei seiner Rückkehr nach Foret Jaune, über unsere Pläne, ein Gemüsebeet in unserem Garten anzulegen, und ich bedankte mich aufrichtig bei Amalie dafür, was sie alles für Thommy getan hatte. Ich erzählte ihr auch von unserer Verlobung und sie freute sich dem Anschein nach ehrlich für uns, denn sie umarmte mich gleich und ließ eine Flasche sprudelnden Wein bringen, mit dem wir alle anstießen.

Aus einem Glas Sprudelwein wurden zwei. Ich spürte, wie sich meine Knochen lockerten und ich mich leichter und lustiger fühlte, es war angenehm. Der Abend dauerte länger als geplant, aber es war ein schönes Beisammensein. Jeder hörte dem anderen aufmerksam zu und es herrschten keine Missverständnisse. Thommy ergriff das Wort: „Amalie, ich möchte mich auch noch einmal herzlich bei dir für den wunderbaren Abend und die Einladung bedanken. Wir wollten dich fragen, ob du gerne zu unserer Hochzeit kommen möchtest, wir hätten dich sehr gerne dabei." „Aber natürlich!" Sie lachte und ergriff unsere Hände. „Es ist ein Glück, ein Glück, das ihr festhalten müsst, mein Norman hätte sich auch über euer Glück gefreut." Ihre Augen füllten sich mit Wasser und ich drückte sie einmal ganz fest an mich. Ich schlug ihr vor, gerne öfter zu uns zu Besuch zu kommen, da ich mir vorstellte, wie einsam sie sich in diesem großen Haus fühlen musste. „Das ist schön, das werde ich machen und ich könnte euch beim Anlegen der Gemüsebeete helfen, danke!" „Wir würden uns sehr freuen", sagte Margareth. Als Thommy Matthew aufweckte und ihm erklärte, dass wir jetzt nach Hause gehen würden, war er alles andere als begeistert und etwas griesgrämig, aber Thommy packte ihn auf seine Schultern und erklärte ihm: „Keine Widerrede, junger Mann, dein Teddybär wartet auf dich, meinst du etwa, er kann ohne dich schlafen?" „Nein", entgegnete er und beruhigte sich. Amalie bestand darauf, dass uns ihr Kutscher nach Hause brachte, und dankbar nahmen wir das Angebot an. „Halt, wartet noch", sagte Amalie, „nehmt euch noch etwas von dem Truthuhn mit, es ist ohnehin zu viel für mich allein." Rasch

schickte sie Philippe in die Küche, um uns etwas davon zusammenzupacken. „Das ist
wirklich sehr lieb von dir", sagte ich. „Gerne.
Dann kommt gut heim und eine gute Nacht
wünsche ich." „Wir dir auch", sagte Thommy.

Kapitel 10

Ein Geschenk und Kirschblüten

Die nächsten Tage war Thommy mit dem
Bau des Vogelhäuschens beschäftigt, welches
er mir versprochen hatte, ich machte mich
daran, den Efeu vor den Fenstern zu stutzen.
Margareth kümmerte sich täglich um den
Haushalt und unterrichtete Matthew im Lesen
und Schreiben.

Um einen Termin für die Hochzeit festma-
chen zu können, fuhren Thommy und ich ein
paar Tage später in die Stadt. Der nächstmög-

liche Termin war bereits in einem Monat, gleich sagten wir zu.

Es dauerte nicht allzu lange, bis Amalie uns besuchte, sie kam seither beinahe jeden Tag, um uns im Garten zu helfen. Jedes Mal brachte sie einen anderen Kuchen mit, den wir stets genüsslich vor dem Haus in der Sonne verspeisten. Es entwickelte sich eine wirkliche Freundschaft. Auch Margareth verstand sich sehr gut mit ihr.

Als ich Amalie das Datum unserer Hochzeit mitteilte, war sie ganz aufgeregt. „Ich hatte schon lange kein Ereignis mehr, auf das ich mich freute wie auf euren großen Tag, meine Liebe. Was wirst du für ein Kleid tragen?" „Nun ja, ein ganz normales, ich habe zwei Kleider, eines davon." „Oh, kein richtiges Brautkleid?" „Wir haben noch ein wenig Geld von dem Verkauf des Hauses in Foret Jaune, aber wir wollen sparen und sehen, dass Matthew bald zur Schule gehen kann." „Meine Liebe, komm mit, ich muss dir etwas zeigen." „Jetzt? Wohin denn?" „Zu mir nach Hause, ich muss dir wirklich etwas zeigen."

Ich ließ meinen Tee stehen, zog meinen Mantel an und folgte ihr. „Wo wollt ihr hin?", kam es von Thommy, der beinahe mit dem Vogelhaus fertig war. „Wir sind nicht lange weg, ich muss Grace etwas zeigen, wir sind bald zurück." „Na gut, wenn es zu lange dauert, schicke ich einen Suchtrupp los", blödelte er rum.

Als wir ankamen, führte mich Amalie in ein Zimmer, welches ich bei unserer letzten Einladung nicht zu Gesicht bekommen hatte. Es befand sich ein Stockwerk höher und war mit mehreren Schränken ausgestattet. Einen nach den anderen öffnete sie, schaute und überlegte und konnte nicht finden, was sie suchte. Nach ungefähr zwanzig Minuten nahm sie ein Kleid aus dem Schrank. Fein säuberlich hing es auf dem Kleiderbügel. „Wie gefällt es dir?" „Was? Das Kleid?" „Natürlich das Kleid." Es war schlicht und geradlinig geschnitten, weiß und aus einem teuer aussehenden Stoff. „Das ist Seide, Grace, fühl mal, es schmiegt sich der Haut wunderbar angenehm an." Es war wirklich ein angenehmer

Stoff, als ich es mit meinen Fingerspitzen berührte. „Na und, wie gefällt es dir?" „Es ist,
es ist traumhaft schön." „Es müsste deine
Größe sein, zieh es an, wenn es dir gefällt."
„Was, wieso, ich meine ..." „Ich würde es dir
gerne schenken, wenn du es möchtest." „Das
kann ich niemals annehmen, Amalie, das ist
zu viel." „Papperlapapp, seitdem mein Norman tot ist, trage ich nur noch schwarz und
ich werde es auch bis zu meinem letzten
Atemzug tun, die Kleider hier werden ja nicht
besser vom sinnlosen Rumhängen in einem
Schrank." „Es ist, ich meine ...", mir fehlten
die Worte. „Ist es dein Hochzeitskleid gewesen?" „Oh nein, Liebes, ich hatte es zu unserer Verlobungsfeier an und ich kann dir sagen, dass den ganzen Abend alle Blicke auf
mich gerichtet waren", dabei zwinkerte sie
mir lächelnd zu. „Ich habe es sehr gemocht,
doch ich werde es nie mehr tragen. Bitte zie-
he es an, ich möchte sehen, ob es passt." „Oh
Amalie, ich weiß nicht." „Aber ich! Komm,
zieh dich in Ruhe um, ich werde in der Zwi-
schenzeit Philippe Bescheid geben, dass er

uns einen Tee herrichtet, nachdem wir unseren vorher so überraschend stehen gelassen haben." Sie schloss die Tür und ich befand mich allein in diesem riesengroßen Raum mit diesem sagenhaft tollen Kleid. Ich dachte, vielleicht passt es gar nicht, dann könnte ich es ohnehin nicht annehmen. Vorsichtig, aus Angst etwas kaputt zu machen, schlüpfte ich hinein. Es war etwas schwierig, das Kleid am Rücken selbstständig zuzuknöpfen, aber es ging. Als ich es angezogen hatte, stellte ich mich vor den Spiegel, der in der Mitte des Raumes aufgestellt war. Ich traute meinen Augen nicht, ich sah so anders aus, aber es gefiel mir. Es passte wie angegossen und ich hatte mich sofort in den Stoff und den Schnitt verliebt. Wie viel Geld es wohl gekostet haben muss, überlegte ich ... Nein, so schön es war, ich konnte es doch nicht annehmen. Es klopfte ... „Herein, bitte", sagte ich und Amalie kam mit einem Tablett Tee. Einen kurzen Moment stand sie wie erstarrt da: „Grundgütiger", rief sie, stellte schnell das Tablett auf den nebenstehenden Tisch und kam näher zu mir heran. „Du siehst aus wie eine Prinzessin." Tränen standen in ihren Augen. „Du bist so schön, Grace." Ich fühlte mich ein wenig unwohl und wusste nicht, was ich sagen sollte. „Ich danke dir, Amalie, aber ich habe nichts, was ich dir als Gegenleistung geben könnte, ich kann es ehrlich nicht annehmen." „Meine Liebe, ich wage zu behaupten, dass wir Freundinnen geworden sind, auch wenn wir uns noch nicht lange kennen, ist es nicht so?" „Ja, so ist es!" „Nun, ich als deine Freundin wäre mehr als enttäuscht und zornig, wenn du mein Geschenk nicht annimmst. Du würdest mich dadurch kränken und verletzen. Ich glaube nicht, dass du das möchtest, habe ich recht?" „Oh nein, nein, keineswegs, Gott bewahre, niemals. Du bist so eine gute Seele, zu gut für diese Welt, du bist ein Segen schon für Thommy gewesen und bist es auch für mich." Ich umarmte sie unter Freudentränen. „Genug der Gefühlsduselei, meine Liebe, zieh dich nun um und ich nehme das Tablett mit runter in den Speisesaal, deine Tasse Tee wartet mit mir auf dich unten. Lass das Kleid noch da, der Ehemann darf es vor dem Hochzeitstag nicht sehen, ich bringe es dir am Morgen der Trauung mit." Damit schloss sie die Tür und ich blickte noch einmal voller Freude in den Spiegel, ehe ich das Kleid abstreifte und behutsam auf dem Kleiderbügel aufhängte.

Als ich herunterkam, saß sie gedankenversunken vor ihrer Tasse mit einem Album in der Hand. Sie musste meine Schritte gehört haben, denn, ohne sich umzudrehen, sagte sie: „Komm, Grace, ich möchte dir gerne etwas zeigen. Sieh, das war der Tag meiner Hochzeit, das ist mein Norman und das bin ich." Ich setzte mich neben sie. „Ihr seht so glücklich aus." „Das waren wir, wir waren füreinander bestimmt!" „Wie habt ihr euch kennen- gelernt?" „Er war der Sohn des besten Freundes meines Vaters. Wir haben schon als Kinder zusammen gespielt und er passte stets auf mich auf ..." „Du warst eine wunderschöne Braut." „Ich wünsche mir für Thomas und dich, dass ihr einen ebenso schönen Tag haben werdet, einen, den ihr euer Leben lang nicht vergesst, und davon abgesehen ein Leben, das von Sonnenschein begleitet ist.

Wenn es einmal Hürden gibt – und die wird es geben, meine Liebe, in jeder Ehe –, wünsche ich euch die Kraft und die Geduld, welche ihr dann brauchen werdet." „Ich danke dir, Amalie." Wir tranken unsere Tassen leer und sie begleitete mich nach Hause. „Möchtest du wirklich nicht noch bleiben, Amalie?", wollte ich wissen, als wir da waren. „Nein, ich komme morgen wieder, du weißt doch, ich genieße einen Spaziergang stets. Welchen Kuchen soll ich morgen mitbringen?" „Oh, das ist uns gleich, Amalie, solange du nur vorbeikommst."

Am Abend erzählte ich Mama von dem Kleid und sie wurde unglaublich neugierig darauf, mich darin zu sehen. „Du weißt, Grace", sagte sie, „wenn ich mein Hochzeitskleid noch hätte, hätte ich es dir längst gegeben." „Ich weiß, Mama", sagte ich und gab ihr einen Kuss auf die Wange.

Am nächsten Morgen, als ich die Spatzen mit den Brotkrumen, die noch am Frühstückstisch übriggeblieben waren, fütterte, saßen alle bereits in ihrem neuen „Zuhause", das Thommy für sie gebaut hatte. Ich rief nach ihm, gleich kam er zu mir geeilt und ich drückte ihm einen Kuss auf den Mund, umarmte ihn. „Danke, mein Schatz, dass du es gebaut hast." „Das habe ich gerne gemacht, Grace, das weißt du doch." „Ja." Matthew kam dazu und sagte: „Thommy, kannst du mir auch etwas bauen?" „Was möchtest du denn haben?" „Eine Schaukel für mich allein." „Für dich allein?" „Na ja, Grace darf auch mal schaukeln, wenn sie will." „Und ich?" „Ja, wenn ich nicht gerade damit spiele, darfst du auch schaukeln." „Und Mama?" „Mmh", sagte er, „ja, in Ordnung." „Na dann werde ich dir eine bauen." „Ist das wahr?" „Jaaa." Jubelnd lief Matthew durch das ganze Haus: „Mama, Mama, Thommy macht mir eine Schaukel, Mama, ich bekomme eine Schaukel." Es war zu süß, ihn so zu sehen.

„Und ... schon weiche Knie?", fragte mich Thommy. „Ich? Nein, wieso sollte ich?" „Morgen ist unser großer Tag." „Ich weiß es, mein baldiger Ehemann", sagte ich und wir lächelten uns an.

Am Abend, Margareth und Matthew waren bereits im Bett, saßen Thommy und ich noch eine ganze Weile nah aneinander gekuschelt vor dem Kamin. Ich musste an das Gemälde denken, welches mir damals als Erstes beim Betreten des Hauses ins Auge fiel. „Thommy, das Bild, vor dem ich stand, als wir eingezogen sind, und das mir so gefällt … Ist es wirklich eine Frau, die darauf zu erkennen ist, oder … Ich meine, was hast du dir dabei gedacht, als du es gemalt hast?" „Ich bin nur meiner Stimmung gefolgt, die damals sehr traurig war, und ich habe unentwegt an dich denken müssen, es kann durchaus sein, dass mein Unterbewusstes dein Bild auf die Leinwand malen wollte, aber es ist ein Fantasieprodukt, sieh darin, was du sehen kannst oder möchtest. Ich suche keine Antwort darauf, ich weiß nur, dass es mir dabei geholfen hat, meine Seele ein wenig zu entlasten, und es erinnert mich an eine Zeit, in der ich gelernt habe, dass Hoffnung etwas ist, was ich niemals aufgeben werde." Nichts sagend, dachte ich einen Moment über seine Worte nach und irgendwie konnte ich ihn verstehen.

Langsam, je später es wurde, machte sich doch Nervosität bemerkbar. Ich wusste zwar, dass sich mit dem morgigen Tag nichts ändern würde, außer dass wir offiziell zu Mann und Frau erklärt werden würden, dennoch war ich fürchterlich aufgeregt. Was wird er zu meinem Kleid sagen, wird es ihm gefallen, wird alles klappen? Alle schliefen bereits, nur ich wälzte mich im Bett neben Thommy hin und her.

Besonders viel konnte ich im Laufe der Nacht wirklich nicht schlafen, nicht nur die Gedanken an die Hochzeit beschäftigten mich, sondern die Tatsache, dass mein Traum von damals zurückkam. Der Traum mit den seltsamen Szenarien, die mir erschienen, als ich dachte, Thommy müsse sterben. Ich erinnerte mich in der Nacht an alle Einzelheiten, obwohl ich schon lange nicht mehr daran gedacht hatte. Ich hatte das Bilderrätsel heute Nacht gelöst, so glaubte ich zumindest – obwohl es doch keinen wirklichen Sinn ergab. Thommy, Mama und sogar Matthew schliefen noch, ich nahm Feder und Papier und zeichnete meine Gedanken und Erinnerungen auf. Ich hatte eine Verbindung in meinem Kopf, eine Verbindung, die es zwischen den drei Bildern geben musste. Nacheinander ging ich sie noch einmal durch, es ließ mir keine Ruhe. Zunächst war da das Bild der französischen Flagge, was mich an die Revolution erinnerte und so viel wie Umsturz oder auch Kreislauf bedeutet. Es könnte aber auch die Renaissance darstellen, was Wiedergeburt bedeutet. Dann die zwitschernden Vögel, Vogel im englischen heißt bird, hört sich ähnlich an wie birth, also Geburt – könnte sein, aber die Kirschblüten … Dann stand als Drittes auf meinem Papier das Bild der Geburt des Säuglings, ja, dieses Bild war eindeutig, eben die Geburt an sich. Was also meiner Ansicht nach die Gemeinsamkeit des Bilderrätsels in meiner Auflösung ergab, die Sinnübermittlung dieser Deutung war ... Ja, es konnte nur etwas mit Geburt beziehungsweise Wiedergeburt zu tun haben. Es war ganz logisch und andererseits überhaupt nicht, davon abgesehen hatte ich nicht die leiseste Ahnung, was es mir persönlich aufzeigen sollte, warum ich den Drang hatte, mich mit diesem Rätsel zu beschäftigen, und es lösen wollte. Ich ließ meine Aufzeichnung schließlich liegen und bereitete mich gedanklich auf die Trauung vor.

Kapitel 11

Vereintes Glück

Wie versprochen war Amalie bereits früh am Morgen da. Das Kleid in einer blickdichten Verpackung versteckt, kam sie vergnüglich hereinspaziert. Margareth war gerade dabei, mir die Haare hochzustecken. Als ich das Kleid in meinen Händen hielt, geriet Mama ins Staunen. „Oh Amalie, das ist ein wundervolles Kleid, ich danke dir, dass du es meiner Tochter geschenkt hast." „Ich habe es wirklich gerne gemacht, Margareth." Ich fühlte mich sehr wohl. Mama fand mich „großartig", doch es fehlte noch etwas, wie sie sagte. Sie reichte mir eine Schachtel: „Mach sie auf." Ich traute meinen Augen nicht, darin befanden sich ein nagelneues Paar weiße Schuhe. „Mama, die müssen ein Vermögen gekostet haben." „Ich kann dich doch nicht in den alten Tretern heiraten lassen." „Aber wir müssen doch sparen." „Ja, ja, das ist eine Ausnahme, ich hoffe nur, dass sie dir passen." Ich schlüpfte freudestrahlend hinein – sie passten perfekt. „Tausend Dank, Mama", sagte ich und umarmte sie. Ich war jetzt schon beim Ankleiden so emotional, wie sollte es erst nachher bei der Trauung sein? Matthew kam staunend angelaufen und sagte: „Boah, du siehst aus wie eine Prinzessin. Ich habe auch noch etwas für dich" und er reichte mir eine weiße Rose, die mir Mama noch ins

Haar steckte. „Ich danke dir, Matthew", sagte ich und gab ihm einen Kuss.

Ich hörte Thommy, der bereits unten in der Kutsche wartete, die uns Amalie zur Verfügung stellte: „Grace, bist du so weit?" Margareth rief vom Fenster herunter: „Wir kommen gleich." Mit zittrigen Knien ging ich die Treppenstufen hinunter. Es war ein lauer Septembermorgen und angenehm warm, dennoch war mir kalt, was sicher an der Aufregung lag, mein Herz klopfte wild, meine Hände wiederum schwitzten. Da stand er also, Thommy, in seinem schönsten Gewand und mit seinem Hut und sah wie ein Gentleman aus. Übers ganze Gesicht strahlend, erwartete er mich bereits und hielt die Tür der Kutsche für mich zum Einstieg geöffnet. „Du siehst wunderschön aus, Grace." „Danke, du aber auch", antwortete ich und gab ihm einen Kuss. Er reichte mir einen selbstgepflückten Blumenstrauß, den er zunächst hinter seinem Rücken versteckt hatte, und sagte mit einer sich verbeugenden

Geste: „Für meine Braut." Er überraschte mich immer wieder aufs Neue, jeden Tag.

Als wir alle eingestiegen waren, setzte sich die Kutsche in Bewegung, die Fahrt in die Stadt zur Kirche dauerte nur wenige Minuten. Es war eine kleine Kirche ohne viel Prunk. Sammy war gehorsam und der Kutscher erklärte sich bereit, während der Zeremonie auf ihn aufzupassen und mit ihm spazieren zu gehen. Mein Herz klopfte noch heftiger beim Ausstieg. Wie sehr ich mir doch wünschte, meinen Vater bei diesem großen und wichtigen Ereignis in meinem Leben dabei gehabt zu haben, statt seiner führte mich Mama zum Altar, die jetzt schon zu weinen anfing. Es roch nach Weihrauch, ein Geruch, den ich mochte, er vermittelte mir ein Gefühl von Geborgenheit und erinnerte mich an die Allmacht Gottes. Die Glocken erklangen zum Zeichen unseres Vorhabens. Der Pfarrer begann zu sprechen: „Liebes Brautpaar, liebe Familie und Freunde, Gott hat uns heute hier zusammengeführt, um diese Frau und diesen

Mann einander anzuvertrauen. Wir dürfen heute Zeugen dieses Bündnisses sein und dem Beginn dieses neuen Lebensabschnittes beiwohnen.

Thomas Hevelton, möchtest du Grace, geborene Hartley, die dir von Gott anvertraut wurde, lieben und ehren, mit ihr durch helle und finstere Tage gehen, ihr in Krankheit und Gesundheit beistehen, bis dich Gott wieder zu sich nimmt? Dann antworte mit: Ja, mit Gottes Hilfe." Thommy antwortete: „Meine liebe Grace, unsere Liebe ist ein starkes Band, das uns auf ewig verbindet. Ob wir nah beieinander oder weit entfernt voneinander waren, der Glaube an dieses einzigartige Wissen unserer Liebe hat uns nie wirklich voneinander getrennt, denn das ist nicht möglich ... Wir haben bereits bewiesen, dass wir in guten und in schlechten Zeiten fähig sind, einander Halt zu geben, und den anderen niemals aufgeben. Mich erfüllt eine unendliche Dankbarkeit, dass mir Gott dich, mein Zauberwesen, geschickt hat und mir meinen Platz an deiner Seite zugewiesen hat. Du bist mein Zauberwesen, ja, da es mir jedes Mal, wenn ich dich ansehe, vorkommt, als seist du aus einem Schwall tanzender und glitzernder Sterne entstanden. Du leuchtest und strahlst. Eine Zauberfee, die von Feenstaub umgeben ist und mir in dunklen und hellen Tagen Licht zaubert. Du hast dieses Licht, das mich meinen Weg niemals verlieren lassen wird. Ich wünsche mir nicht, dass ich die Sonne für dich bin, ich wünsche mir, dass du sie in dir selbst findest, auch ohne mich, wenn der Tod uns eines Tages scheidet, denn du bist das Licht. Jetzt beginnen wir unser lang ersehntes gemeinsames Leben, von dem wir bereits als Kinder träumten. Ich liebe dich! Somit: Ja, mit Gottes Hilfe" und er steckte mir den Ring an den Finger.

„Und möchtest du, Grace Hartley, den dir anvertrauten Thomas Hevelton lieben und ehren, mit ihm durch helle und finstere Tage gehen, ihm in Krankheit und Gesundheit beistehen, bis dich Gott wieder zu sich nimmt? Dann antworte mit: Ja, mit Gottes Hilfe." Ich antwortete: „Was kann ich denn nur sagen, mein Schatz? Als ich dir damals das erste Mal in die Augen sah, habe ich gewusst, dass du mein Zuhause bist. Mein Herz gehört dir schon seit langer Zeit und so wird es auch immer sein. Wo du nicht bist, will ich nicht sein, denn es herrscht Kälte ohne Sonnenschein. Du hast meine träumerische Vorstellung von dem Prinzen, den ich mir immer wünschte, tatsächlich erfüllt und manchmal glaube ich, immer noch zu träumen .... Ich danke dir, dass du mir Kraft gibst, wenn ich sie nicht habe, du mir Mut gibst, wenn ich am Verzweifeln bin, du mich zum Lachen bringst, wenn ich traurig bin, aber vor allem danke ich dir dafür, dass du mich liebst, dass du mich liebst, so wie ich bin, und du mir das Gefühl gibst, etwas Besonderes zu sein. Ich weiß, dass ich mich immer auf dich verlassen kann, und auch du kannst dich immer auf mich verlassen. Es gibt nichts, das unsere Verbindung jemals trennen könnte. Meine Liebe zu dir steht über allem. Ich danke dir aus der Tiefe meines Herzens dafür, somit antworte ich: Ja, mit Gottes Hilfe.“

Mit unruhiger Hand steckte auch ich den Ring an seinen Finger. „Hiermit erkläre ich euch zu Mann und Frau."

Wir küssten uns und ich wurde zu Mrs. Grace Hevelton. Mama, Matthew und Amalie waren außer sich vor Freude und sobald wir die Kirche verlassen hatten, folgte eine Umarmung nach der anderen. Sämtliche Wünsche und Gratulationen wurden uns ausgesprochen, auch von Passanten, die uns nicht einmal kannten, aber mitbekommen hatten, dass wir frisch getraut waren. Immerzu musste ich meinen Ehering anschauen, er war goldfarben und hatte in der Mitte einen violett farbigen Stein in Form eines Herzens. Sein Ring war in einem schlichten Goldton. Ich konnte mir nicht vorstellen, wie viel sie gekostet haben mussten, doch sie waren perfekt. „Ich habe deinen Geschmack getroffen, Mrs. Hevelton?", wollte Thommy wissen, da ich wieder meine Hand vor mich hielt und den Ring ansah. „Du hast dich selbst übertroffen, Thommy, er ist wunderschön, ich liebe dich!" „Ich dich auch!"

Erneut ertönten die Glocken und läuteten unser neues gemeinsames Leben ein, dann wurden wir von einem Händeklatschen unterbrochen, es war Amalie. „So, so, meine Turteltäubchen, jetzt sagt mal, wer hat Hunger?" Matthew meldete sich gleich zu Wort: „Ich, ich, Tante Amalie." So nannte er sie bereits seit ein paar Tagen. „Du hast immer Hunger", sagte ich zu ihm und gab ihm einen Kuss auf sein lockiges Haar. „Nun, als mein Hochzeitsgeschenk möchte ich euch gerne alle zum Essen einladen, ich kenne ein gemütliches Wirtshaus und dort gibt es für alle Kaffee und Kuchen, zu späterer Stunde etwas Warmes." Überrascht entgegnete ich: „Oh Amalie, das ist, das ist so gütig und großzügig von dir, ich weiß nicht, was ich sagen soll." „Kommt, kommt, es ist alles gut so, steigt in die Kutsche, der Wirt ist ein wenig außerhalb, los, los."

Tatsächlich dauerte es sicherlich eine halbe Stunde, bis wir das Wirtshaus erreichten. Es war ein rustikaler, gemütlicher Raum.

Der Gastwirt begrüßte uns herzlich – Amalie musste uns bereits vorher angemeldet haben. Es waren noch andere Gäste zugegen, doch für uns war der schönste und größte Platz im ganzen Raum reserviert. Aufmerksam wurde sich gleich um Sammy gekümmert, indem man ihm unaufgefordert einen Napf brachte. Eine wirkliche Speisekarte gab es nicht. Als ich die Bedienung fragte, was die Küche uns anzubieten hätte, war ihre Antwort: „Wir sind bemüht, die Wünsche unserer Gäste zu erfüllen, gerade dem Brautpaar und deren Angehörigen. Sagen Sie uns einfach, was es sein soll." Nach einer kurzen Beratung untereinander entschieden wir uns, den Kuchen hintenanzustellen und ein Mittagessen einzunehmen. Nach kurzer Zeit wurde uns eine große Platte Hähnchenschenkel mit Gemüse gereicht sowie eine Karaffe mit Wasser. Am Nachmittag begannen die Nachbargäste, die eine Art Dorfmusiker darstellten, mit ihren selbstkonstruierten Instrumenten zu musizieren. Es wurde dazu gesungen, getanzt und gelacht. Ich erinnerte mich an unseren Tanz bei der Überfahrt und diesmal forderte ich Thommy zum Tanz auf. Das ausgelassene Tanzen erschöpfte, aber es war ein Spaß und eine Heiterkeit, die mich überglücklich machten. Matthew tanzte abwechselnd mit Mama und Amalie. Er hatte beeindruckende „Verrenkungen" vorgeführt und ich fragte mich, ob er nicht einmal ein begabter Tänzer werden würde. Als die Musikanten eine Pause einlegten, wurde uns Birnenkuchen gebracht, dazu Kaffee. Danach setzte die Musik erneut ein und ausgelassen feierten wir weiter, bis sich die Musikanten gegen Abend auf den Nachhauseweg machten. Zum Abschluss unseres Festtages wurden eine deftige Brühe und Brot gereicht, Amalie suchte einen passenden Wein dazu aus.

Dieser ganz besondere Tag übertraf meine Vorstellungen um ein Vielfaches. Als wir in der Kutsche saßen und nach Hause fuhren, hielt ich Thommys Hand fest umklammert, lächelte und legte meinen Kopf zufrieden auf seine Schulter. Ich war vorfreudig auf unsere erste Nacht als Ehepaar.

Zu Hause angekommen, war es bereits Mitternacht. „So, meine Liebe", sagte Amalie zu Mama, „ich finde, wir hatten einen wunderbaren Tag, und ich hoffe, du schläfst schön." „Ich danke dir, Amalie, hab auch eine angenehme Nachtruhe." „Gute Nacht", rief Mama, als ich gerade auch aussteigen wollte. „Wie?", fragte ich. „Amalie und ich dachten uns, dass ihr sicher in eurer ersten Nacht als frisch getrautes Brautpaar ein Zimmer für euch in Ruhe haben wollt, hier habt ihr das zwar auch, aber es ist etwas anderes zu wissen, ob der kleine Matthew wieder in aller Herrgottsfrühe herumspringt und beschäftigt werden will und nebenan deine alte Mutter schläft", das sagte sie in einem beschwingt lustigen und nicht böse gemeinten Ton. „Ja", sagte Amalie, „ich habe ein schönes Gästezimmer für euch herrichten lassen und freue mich, wenn wir morgen zusammen frühstücken könnten." Thommy und ich grinsten uns zunächst ungläubig an, als Amalie wieder einstieg und der Kutscher losfuhr, war aber klar, dass es wirklich ernst gemeint war.

Thommy und mir gefiel die Idee in jedem Fall, es war aufregend und kam überraschend, umso mehr freuten wir uns.

Angekommen, zeigte uns Amalie das reizend mit Blumen hergerichtete Zimmer und verließ uns dann rasch. „Gute Nacht, meine Lieben, träumt süß, wir sehen uns morgen." Wir bedankten uns noch einmal bei ihr für das herrliche Essen und die angenehme Überraschung.

Nachdem wir uns bettfertig gemacht hatten, legten wir uns in das riesengroße wohlig warme und frisch duftende Bett. Es war himmlisch. Ich legte mich zu meinem Mann – ja, zu meinem Mann, das war er jetzt, und wir verbrachten eine romantische Nacht, die schöner war als jede Wunschvorstellung.

Kapitel 12

Eine kurze Zeit Leben

Wie verabredet frühstückten wir am nächsten
Morgen gemeinsam mit Amalie, deren Kü-
chenpersonal sich wieder einmal selbst übertraf. Eier, frisches Brot und Aufstrich, Saft
sowie Obst wurden uns gereicht. „Habt ihr
gut geschlafen?", wollte Amalie wissen.
„Mehr als gut", sagte Thommy und ich nickte
ihr zustimmend und lächelnd zu. „Das freut
mich." „Und du?", fragte ich sie im Gegenzug. „Wie ein Stein, es war ja doch schon
recht spät gestern."

Danach verabschiedeten wir uns, noch einmal
unsere größte Dankbarkeit aussprechend, und
spazierten den kurzen Weg hinüber zu Mama,
Matthew und Sammy.
„Da seid ihr ja", rief Mama, noch ehe wir an
der Tür waren, sie sah uns bereits aus der
Ferne kommen. „Ja, da sind wir wieder", sagte ich und lachte. Matthew rannte sofort auf

Thommy zu und bettelte, dass er doch mit dem Bau der Schaukel beginnen möge. Sammy hatte mich in Beschlag genommen und wollte spazieren gehen. So begann Thommy also mit dem Bau der Schaukel und ich ging eine ganze Weile mit Sammy in der Nähe spazieren. Als ich wieder nach Hause kam, hatte Mama wieder wunderbar gekocht und zusammen nahmen wir das Abendessen ein. Der Tag verging wie im Flug. Wir überlegten, dass es gut wäre, sich morgen einmal wegen einer Schule für Matthew umzuhören, da er ein helles Köpfchen war und ständig davon sprach, andere Kinder kennenlernen zu wollen. Wir stellten eine Liste der möglichen Schulen in der Umgebung auf, obwohl es nur wenige gab, dabei fiel Thommys Blick auf meine Aufzeichnung, die ich am Morgen der Hochzeit angefertigt hatte.

„Was ist das, Grace?", fragte er mich und hielt das Papier mit meinen Notizen, die den Traum betrafen, in seinen Händen. „Ach, das ist nichts ..., ich dachte, ich hätte ein Rätsel gelöst. Ich hatte einen Traum – schon in der

Zeit, als es dir so schlecht ging. Ich hatte es beinahe vergessen, doch gestern kam er zurück und ich verspürte den Drang, mich damit zu beschäftigen, es aufzuschreiben, um ihn entschlüsseln zu können." „Und was hast du erfahren?" „Alles hat meiner Meinung nach etwas mit Wiedergeburt zu tun, nur mit den Kirschblüten bin ich mir nicht sicher. Ich sehe es so, wie ich es aufgeschrieben habe." Er las … „Aber ich." „Was?" Er holte das Buch, welches ihm Amalie geschenkt hatte, und suchte nach einer ganz bestimmten Seite. „Ich glaube, hier stand einmal etwas von Kirschblüten im Zusammenhang mit diesem Thema." Er blätterte hin und her, vor und wieder zurück. „Ah, ich hab's, hier, Grace, schau." Er setzte sich neben mich, zeigte auf die entsprechende Stelle im Buch und las mir vor: „Die Kirschblüte wird, vor allem in der japanischen Kultur, als Zeichen von Aufbruch sowie Schönheit wertgeschätzt. Die Kirschblüte blüht nur für eine kurze Zeit und reift sehr schnell. Hat sich die Blüte vollends in ihrer wundersamsten Pracht entfaltet, fällt sie recht rasch wieder ab. Somit ist das Symbol der Kirschblüte neben Schönheit und Aufbruch auch eines der Vergänglichkeit, der Transformation. Das würde doch zu deiner Lösung des Rätsels passen, oder?" „Ja, das stimmt schon ..., allerdings bin ich mir immer noch nicht im Klaren darüber, wieso ich diesen Traum hatte ...Weißt du noch damals, als das mit Mama war und ich dir von diesem Licht erzählt habe? Da war ich kurz eingenickt, sah dieses Licht und hörte eine Stimme." „Ja, ich weiß es noch. Die Stimme hat dir gesagt, dass es Margareth bald wieder gut gehen werde und ihr beschützt werdet." „Ja, genau. Ich weiß auch nicht ..., damit wird es wohl nicht in Verbindung stehen, oder? Ich meine, ich habe wahrscheinlich eine lebhafte Fantasie und ein Faible für Rätsel." „Das mag sein, Grace ... Kannst du dich vielleicht noch an die Stimme erinnern, sie jemandem zuordnen?" „Ich weiß es nicht mehr, ich hatte den kurzen Gedanken, meinen Vater zu hören, aber ich meine ..., wie soll das gehen? Ich habe einfach nur geträumt und nichts weiter.

Es ist ja nicht schlimm." „Natürlich ist es nicht schlimm." Einen Moment lang genossen wir die Stille ohne weitere Worte. Nach einer kurzen Zeit: „Wann ist euch Sammy zugelaufen?", wollte er wissen. „Wie kommst du jetzt darauf?" „Das war doch kurz nach dem Tod deines Vaters, oder?" „Ja, schon ..., aber ..." „Grace, ich meine, es hört sich vielleicht merkwürdig an, aber ich habe dieses Buch gelesen, in dem wirklich unglaublich tolle Geschichten stehen, und ich dachte nur, na ja vielleicht hat dir dein Vater Sammy wirklich als Beschützer oder auch Vermittler geschickt, weil er selbst nicht mehr für dich da sein kann. Es wäre doch möglich." Skeptisch sah ich ihn an. „Findest du nicht, das hört sich ein wenig weit hergeholt an, Thommy? Ich weiß, du meinst es nur gut ..., der Gedanke wäre ehrlich zauberhaft, aber es fällt mir schwer, das zu glauben." „Und als wir damals in den Wald sind, um Holz für Margareth zu holen, weißt du noch, als es so regnete, schneite und donnerte, da war er völlig außer sich und brachte uns dazu heimzugehen." „Natürlich weiß ich es noch, es war der Abend, an dem Mama ..." „Und noch dazu hat er mich gefunden – damals im Gras und wir sind uns begegnet, haben uns verliebt. Mir fallen viele Momente ein, in denen er eine Situation maßgeblich beeinflusste." „Mag sein, Thommy, ich weiß es nicht und du auch nicht." Dies sagte ich ihm in einem liebevollen Ton, streichelte ihm über seine Wange und küsste ihn.

Wir redeten nie mehr davon.

Die Tage und Monate vergingen und wir führten ein harmonisches Eheleben. Thommy brachte ein kleines, aber ausreichendes Einkommen durch seine Anstellung auf dem Fischmarkt nach Hause. Auch wenn er jeden Tag mit Wunden an seinen Händen nach Hause kam, nachdem er den ganzen Tag lang Fische ausgenommen hatte, machte es ihm nichts aus und er war zufrieden mit seiner Arbeit. Mama hatte eine Arbeit als Näherin begonnen und Matthew ging mittlerweile zur Schule. Ich war dabei, mein erstes Buch zu schreiben. Ich baute darauf, damit eines Tages erfolgreich zu sein, eine fürsorgliche Mutter zu werden und mit dem Mann, den ich liebte, gemeinsam alt zu werden. Ich war überglücklich. Alles formte sich zu einem Ganzen.

Amalie kam uns immer noch oft besuchen und unsere Freundschaft hatte sich gefestigt. Nachdem der Winter langsam zu Ende gegangen war, sprießten in unserem Garten bereits die ersten Pflanzen und der Frühling kam. Das hieß, wieder schöne lange Spaziergänge machen zu können und abends im Garten zu sitzen, um den Sternenhimmel betrachten zu können. Matthew war froh, seine Schaukel wieder im Sonnenschein benutzen zu können, und Thommy half ihm dabei, sich unter unserem Apfelbaum ein kleines Baumhaus zu bauen. Es war toll, den beiden beim Spielen zuzusehen. Es kam uns der Gedanke, eigene Kinder zu bekommen, und ich freute mich schon sehr darauf, bald selbst einen kleinen Schützling zu bekommen.

Ein Zimmer stand noch frei, das wir als Kinderzimmer einrichten wollten.

Der Mai kam und ich, so war zumindest meine Hoffnung, war in anderen Umständen. Der Gedanke, ein Kind von Thommy zu haben, versetzte mich in eine Art Schwebezustand. Ich erzählte es noch niemandem, da es bislang nur eine Vermutung war. Ich hatte das Gefühl, dass erst jetzt das Leben beginnen würde, von dem wir beide immer träumten. Wenn ich glücklich war, überkamen mich die tollsten Ideen und ich schlug vor, für morgen einen Grillabend zu veranstalten, zu dem ich auch Amalie einladen wollte. Thommy und Mama gefiel die Idee sehr gut und gemeinsam organisierten wir die notwendigen Einkäufe am Nachmittag. Das Wetter war angenehm warm, allerdings nicht heiß, umso mehr wunderte ich mich, dass Thommy den Tag über unter Schweißausbrüchen und Schwindel litt. Auch Übelkeit plagte ihn seit gestern und es ging ihm nicht besonders gut. Den Nachmittag und Abend verbrachte er im

Wohnzimmersessel und las sein Buch. Jedes Mal, wenn ich mich nach seinem Wohlbefinden erkundigte, erklärte er mir, dass es ihm bereits besser ginge, und ich wartete deshalb damit, einen Arzt zu konsultieren. „Wenn du irgendetwas brauchst, mein Schatz, ich bin kurz oben und lese Matthew seine Gute-Nacht-Geschichte vor, ruf mich, wenn du etwas brauchst, ich lasse die Tür oben offen."

„Natürlich." Ich küsste ihn sanft. „Weißt du eigentlich, wie sehr ich dich liebe, Thommy Hevelton?" „Ich weiß es, Grace." „Ich komme gleich wieder." „Ja, lies ihm nur vor." Er lächelte mich an.

Da wir Frühling hatten und es jetzt erst später dunkel wurde, war es eine Tortur, Matthew zum Schlafen zu bringen. Noch eine Seite und noch eine Seite las ich ihm vor. Irgendwann gab er endlich Ruhe, seine Augen fielen zu und ein leises Schnarchen war zu hören. Ich schloss die Tür und ging zu Thommy hinunter. Er war wohl eingeschlafen, denn als ich beim Heruntergehen der Treppe leise seinen Namen rief, reagierte er nicht. Er schlief ruhig in seinem Sessel. Sanft rüttelte ich ihn am Arm, denn auch ich war müde und wollte mit ihm nach oben in unser Schlafzimmer gehen. „Thommy, komm, ich bin auch müde, legen wir uns schlafen", flüsterte ich. Ich rüttelte ihn abermals, diesmal mit beiden Händen. „Thommy, Schatz", dabei fühlte ich seine Stirn und strich ihm eine Haarsträhne aus dem Gesicht. Er machte keine Bewegung, kein Räuspern, kein Schnarchen, kein … Ich hielt meine Hand auf sein Herz.

Kapitel 13

Sepsis

„Thommy! Thommy!" Ich rüttelte ihn und rüttelte. „Mama!" Ich legte ihn auf den Boden, schob ein Kopfkissen unter seinen Kopf. Mama kam. „Schnell, hol Wasser, er muss wieder wach werden", schrie ich sie an. Ich rüttelte ihn weiter an seinen Schultern, klatschte ihm links und rechts auf die Wangen. Reglos ließ er den Kopf zur Seite fallen.

Matthew kam herunter und schrie, als er Angst bekam. „Was ist los? Mama? Grace, was ist mit Thommy?" Ich schrie ihn an und sagte hysterisch und unter Tränen, er solle einmal hören, wenn man ihm was sagt, und in sein Zimmer gehen – sofort. Sammy heulte auf und bellte, auch ihn fauchte ich an. Selbst das kalte Wasser, welches ich ihm über Kopf und Gesicht schüttete, ließ ihn seine Augen nicht öffnen. Ich weiß nicht, wie lange wir versucht haben, ihn wieder zu uns zu bringen, es war lange und vergebens. Margareth versuchte mir unter Tränen verständlich zu machen, dass wir nichts mehr für ihn tun können. „Bist du verrückt, er ist mein Mann." „Grace, bitte …" „Lass mich los, lass mich los." Ich schrie und tobte unter unaufhörlichen Tränen … Ich war verzweifelt, am Ende meiner Kräfte. Mein Verstand meldete sich, wenn auch nur für einen Moment, um mir mitzuteilen, dass es vorbei war. Er war tot. Ich brach zusammen, legte mich weinend zu ihm auf den Boden und umklammerte ihn. Mama wollte mich umarmen, ich schlug sie

beinahe und beschwor sie, mich nicht anzu-
fassen. „Lass mich in Ruhe, geh weg, lass
uns allein. Ich will mit meinem Mann allein
sein, verschwinde." Wieder kam Matthew die
Treppen herunter. „Mama, warum schreit
Grace so, ich habe Angst." „Mach, dass du
mit deinem Bastard verschwindest, raus hier,
raus", schrie ich. Eilig verließen Margareth
und Matthew das Wohnzimmer und schlossen
sich oben im Zimmer ein. Ich konnte es nicht
glauben, natürlich konnte ich es nicht, vor einer halben Stunde habe ich mit ihm geredet,
es ging ihm doch besser, oder …?
Doch der Schwindel ..., die Übelkeit, er hatte
Temperatur, wahrscheinlich ... Seine Stirn
war warm. Ich habe es nicht ernst genommen, es ging ihm schlechter, als ich dachte,
was war passiert? Hatte es etwas mit seinen
Verwundungen nach dem Sturz von seinem
Pferd zu tun? Die Wunden waren doch ver-
heilt, es kann doch nicht sein, das liegt lange
zurück … Ich habe ihn im Stich gelassen …
„Oh mein Schatz, bitte wach auf, ich bin es,
Grace, deine Frau! Thommy, bitte, hörst du

nicht, wach auf." Ich weinte und weinte. Ich wusste nicht, was ich tun sollte. Ich umklammerte seinen Körper haltsuchend, streichelte ihm durchs Haar und bat ihn, zu mir zurückzukehren. Sachte ließ ich ihn los und rannte aus dem Haus … zu Amalie. Ich kam schreiend zu ihrem Landsitz gelaufen, die vor ihrem Haus stehenden Wachmänner ergriffen mich zunächst grob. Ich musste den Anschein einer geisteskranken Frau erweckt haben. Lautstark schrie ich weinend und verzweifelt das ganze Anwesen zusammen. Philippe kam, er erkannte mich. „Um Gottes willen, Miss, was ist passiert?", fragte er mich und stützte mich dabei, da ich drohte zu stürzen, und brachte mich ins Haus. Ich hielt mich an ihm fest, sah ihm in die Augen und fragte: „Philippe …, ist Amalie da? Ich brauche ihre Hilfe, bitte holen Sie sie, bitte." „Miss, Madame schläft gewiss schon, ich kann sie nicht wecken." „Oh, Sie wissen ja nicht, was passiert ist, es muss sein, bitte", ich flehte ihn an und rutschte dabei zu Boden, vor seinen Füßen liegend, kniete ich mich hin und winselte wie ein Hund um Beachtung. „Miss, bitte stehen Sie auf, Sie müssen sich beruhigen, gehen wir in die Küche und Sie trinken erst einmal einen Schluck Wasser." „Nein, nein, nein, Amalie!!!", schrie ich laut.

Ich schlug mir die Hände vors Gesicht und rief immer wieder ihren Namen.

Sie kam. Sie kam die Treppe heruntergeeilt, erschrocken und besorgt kniete sie sich zu mir, um die Haare aus meinem Gesicht zu streifen. „Um Gottes willen, Grace, was ist passiert?" Als ich ihr nicht antwortete, nur wirres Zeug redete, sagte sie: „Schnell, Philippe, bring Wasser und lass einen Arzt kommen!" „Nein, keinen Arzt, keinen Arzt, ich brauche keinen Arzt, Thommy braucht ihn! Der Arzt muss zu Thommy!" „Wieso? Ist er verletzt? Was ist passiert? Rede mit mir, ich kann dir doch sonst nicht helfen." „Helfen? Du kannst mir nicht helfen. Du nicht, der Arzt nicht, niemand. Er ist tot! Tot, tot, tot." „Was?" Amalie schossen Tränen in die Au-

gen. „Aber Grace, was sagst du denn da?"
Mit letzter Kraft und dünner Stimme, die immer wieder von heftigem Schluchzen unterbrochen wurde, erklärte ich ihr, was ich
wusste. „Ich habe Matthew nur eine Gute-
Nacht-Geschichte vorgelesen, er wollte einfach nicht schlafen. Ich sagte Thommy, ich
würde gleich wiederkommen. Es verging weniger als eine Stunde, als ich dann zu ihm
herunterkam, und dann …, dann… lag er da,
ich dachte er würde schlafen, aber ..." „Oh
Gott, Grace." „Mama und ich haben eine
Stunde oder länger versucht, ihn zurückzuho-
len. Ich war zu spät da, ich weiß nicht, warum … Ich habe ihn allein gelassen." Ich lag
in ihren Armen und weinte und weinte. Es
dauerte nicht lange und der Arzt kam.
„Grace, der Arzt will sich dich mal anschau-
en, okay? Er kann dir helfen, dich zu beruhigen." Mit großen und wütenden Augen blickte ich die Person an, in deren Armen ich gerade noch glaubte, ein wenig Trost zu finden,
und erklärte ihr: „Wenn du hier irgendjeman-
dem helfen willst, dann fahren wir jetzt zu

228

ihm, vielleicht, vielleicht ... Ja, ich habe mich geirrt, schnell Doktor, schnell, er … da …, er ist da drüben ..., mein Mann, mein Mann ist da drüben und er braucht Ihre Hilfe, schnell kommen Sie, es ist nicht weit weg." „Aber Grace…", sprach sie. „Wenn du jetzt nicht sofort mit mir und dem Arzt zu ihm fährst, sind wir die längste Zeit Freundinnen gewesen, kapierst du das?", schrie ich sie an. „Dr. Welling, bitte würden Sie mit uns mitkommen, ich wäre Ihnen sehr dankbar." „Wie Sie wünschen, Mrs. Florent." Zu dritt stiegen wir in die Kutsche und erreichten rasch Little Greenfield. Thommy lag noch genauso da, wie ich ihn verlassen hatte. Mit sorgenvollem Gesicht trat Dr. Welling an Thommy heran. Er hörte seine Brust ab und prüfte noch andere Vitalfunktionen. Nach einer kurzen Weile entgegnete er vorsichtig: „Mrs. Hevelton, ich muss Ihnen sagen, dass Ihr Mann gestorben ist. Wir können nichts mehr für ihn tun." „Sind Sie sich sicher, Dr. Welling? Ich meine, ganz sicher?" „…Es tut mir leid." „Aber wir haben doch gerade erst geheiratet und ... ich meine, das kann doch nicht sein. Warum ist er gestorben?" „Hat Ihr Mann über irgendwelche Schmerzen die letzten Tage geklagt? Hatte er Verletzungen?" „Nein, nein ..., er ..., das heißt doch, er hat über Schweißausbrüche und Übelkeit geklagt, sein Immunsystem war nicht das Beste." „Was hat er da an seiner Hand?" „Er hat sich vor ein paar Tagen bei der Arbeit erneut geschnitten, er arbeitet auf dem Fischmarkt draußen im Dorf." „Nun, das könnte der Auslöser für eine Sepsis, eine Blutvergiftung, gewesen sein, sicher kann ich es aber nicht sagen, Mrs. Hevelton." „Soll das ein Scherz sein? Mein Mann stirbt an einer Schnittverletzung?" „Nein, Mrs. Hevelton, durch die Entzündung, die sich dadurch in seinem Körper ausgebreitet und seine Organe vergiftet hat." „Ich glaube das alles nicht, ich glaube das nicht! Das darf nicht sein." „Danke, Dr. Welling", sagte Amalie. „Es tut mir leid, dass ich nicht mehr tun konnte", entgegnete er und verabschiedete sich. Als er uns verlassen hatte, legte ich

mich neben Thommy und nahm seine Hand.
Ich wurde für den Moment ruhiger,
es beruhigte mich, bei ihm zu sein. „Du
kannst gehen, Amalie, ich danke dir."
„Kommt nicht in Frage, ich bleibe bei dir."
Und sie blieb.

Kapitel 14

Abschied

Nachdem ich zwei Tage nicht von seiner Seite gewichen war, kam Amalie mit einem
Priester. Er hatte einen Sarg dabei. „Grace,
meine Liebe ..., du weißt, es ist Zeit ..., du
musst ihn gehen lassen." „Ich kann nicht, er
ist mein Ehemann, er braucht mich." „Ich
weiß, aber es bleibt euch keine Wahl, bitte
lass ihn gehen." „Nein, ich … Bitte schick
den Priester nochmal fort, Amalie ... Ich muss
dich etwas fragen, bitte … Ich muss etwas
wissen." Sie wechselte ein paar Worte mit
dem Priester, der sich daraufhin entfernte.

„Wir haben eine Stunde, Grace." „Amalie,
Thommy hat mir oft von dem Buch über die
Wiedergeburt erzählt, welches du ihm geschenkt hast – er mochte es sehr und hat mir
viel darüber erzählt. Ich möchte all das einmal glauben können, diese Geschichten, nur
weißt du, wovor ich große Angst habe?"
„Wovor, Grace?" „Davor, dass er reinkar-
niert, ehe ich gestorben bin, und wir uns im
Himmel verpassen oder sonst wo, dass wir
einander vergessen und ein neues Leben mit
jemand anderem beginnen und nie wieder zusammen sein werden. Glaubst du, er wird vor
mir reinkarnieren oder auf mich warten und
unsere Seelen treffen sich glücklich vereint
wieder?" „Grace, ich kann es dir nicht versprechen, ich glaube aber daran, mehr als an
alles andere. Liebe ist die stärkste Macht in
der Welt und im Universum. Man kann sagen, ohne Liebe hätte nichts und niemand die
Möglichkeit zu existieren. Ihr werdet euch
wiedersehen, egal wie, denn das *Wie* kann ich
dir nicht versprechen und auch nicht das
Wann. Es ist eine Gewissheit, die ich habe

auch für mich selbst, Norman wiederzusehen, wenn meine Zeit gekommen ist. Ich kann dir nicht sagen, woher diese Überzeugung kommt, doch ich vertraue darauf." Wir unterhielten uns noch eine Weile und ich hütete Amalies Buch wie einen Schatz in meinen Händen, denn es war der letzte Gegenstand, den seine Hände berührt hatten, und meine ganze Hoffnung.

Ich hörte das Ticken der Uhr – tick, tick, tick … Amalie sagte nichts, ich sagte nichts. Stillschweigend saßen wir beide neben ihm. Die Stille wurde jede Sekunde mit einem weiterem „Tick" unterbrochen und der Moment rückte näher …, der Augenblick kam näher … Der Priester würde ihn holen und ich meinen Thommy nie wiedersehen …

Ein letzter Kuss auf seine zarten Lippen, ein letzter Blick in sein aufrichtiges, wunderschönes Gesicht, eine letzte Berührung seiner Haut ..., dann nahm er ihn mit …

Die Beerdigung sollte morgen stattfinden.

Ich war die ganze Nacht draußen, ich spürte weder, ob es kalt, noch, ob es warm war.

Ich glaube, es regnete in der Nacht, denn meine Kleidung war nass. Ich muss Stunden gelaufen sein, ich wusste nicht einmal, wo ich war. War Sammy nicht bei mir gewesen? Meine Kräfte verließen mich und ich legte mich auf einen Stein und suchte völlig erschöpft und entkräftet nach einem Halt. Meine Hoffnung, ein Kind von ihm haben zu dürfen, starb mit ihm, denn ich hatte mich geirrt … In mir herrschte eine Dunkelheit, die sich unmöglich in Worte fassen ließ. Schmerzhafte Stiche durchbohrten mein Herz und der Todeswunsch war nahe.

Ich sah hoch zum Himmel, der gerade aus seinem Schlaf erwachte, und die Wolken über mir vorüberziehen. Ich atmete begierig diesen Duft ein, diesen frischen holzigen Duft im Wald, den man früh am Morgen riechen konnte, wenn es zu tauen begann ... Es war ein angenehmer Geruch. Ich weiß nicht, wie lange ich so da lag, ich hatte keine Ahnung, was ich tun oder wohin ich gehen sollte.

Doch ich musste zurück, zurück, um Abschied zu nehmen. Ich erinnere mich nicht, wie ich den Weg nach Hause fand. Da ich nicht auf eine Beerdigung vorbereitet war und somit nichts Schwarzes besaß, trug ich das Kleid, welches ich am Tag meiner Hochzeit trug. Amalie, Margareth und Matthew hielten sich im Hintergrund, sodass ich einen letzten Moment mit ihm allein sein konnte.

Amalie hatte sich um den Grabstein gekümmert, denn ich war dazu nicht in der Lage. Auf diesem Stand: Thommy Hevelton – geliebter Ehemann 1868- 1894.

Es war ein kühler, frischer Morgen im Mai. Der Wind wehte, doch die Sonne schien kräftig. Als der Sarg die Erde hinuntergelassen wurde, betete ich für seinen Frieden. Leere wohnte jetzt in mir. Das Schönste in meinem Leben wurde mir genommen und ich war am Ende meiner Kräfte, alles Leben nur noch Dunkelheit. Während ich da stand und auf die Holzkiste blickte und es nicht begriff, dass *Er* dort für immer allein in der Finsternis und feuchten Kälte schlafen würde, ich sein

Lachen nie wieder hören würde, wurde mir etwas klar. Den Tod kann niemand aufhalten und wir wissen nie, wann die Zeit zu gehen kommt. Oft ist es anders, als man denkt, und ich musste versuchen zu beginnen, es zu akzeptieren.

Ich erinnerte mich wie zufällig auf einmal an meine Visionen, meinen Traum, die Bilder, die ich mit der Wiedergeburt in Verbindung brachte, vielleicht war es eine Art Ankündigung – zumindest dachte ich das im Nachhinein …

Langsam erfüllte mich Dankbarkeit, die es schaffte, dass die Dunkelheit ein wenig heller zu werden schien. Ich erinnerte mich an das, was er mich lehrte, was er mir beibrachte, wie es ihm gelang, all diese Gefühle in mir zu wecken, und zu verstehen, mich zu verstehen, das Leben und den Sinn darin zu verstehen. Ich habe nicht nur Geduld gelernt, sondern auch Vertrauen und neben der Dankbarkeit die Bedeutung – meine Bedeutung von Liebe. Die Zeit, die er mir schenkte, wie viele glückliche Stunden wir in unserem Leben gemeinsam verbringen durften, wie intensiv es jedes Mal war – daraus möchte ich schöpfen und mit Stolz und Stärke darauf zurückblicken. Ich bin ein vom Glück gesegneter Mensch, dass er mir begegnet ist. Er hätte mich nicht verlassen, wenn er sich nicht sicher gewesen wäre, dass ich es ohne ihn schaffe – bestimmt nicht. Auch er hat mir immer vertraut – ich möchte ihn nicht enttäuschen. Eine einzelne Träne lief meine Wange herunter, die auf seinen Grabstein fiel, und eine rote Rose, die ich ihm darauf legte, zierte den Stein. Ich erinnerte mich seiner Worte über die Wiedergeburt, wie er mir Details aus dem Buch von Amalie berichtete und wie er mit dem Buch in der Hand tot in seinem Sessel lag, ich dachte an seine Geschichten und die magischen Momente, die „Zufälle" und das vertraute Gefühl, was mich bereits von Anfang an begleitete, ihn schon so viel länger zu kennen, als dass es in diesem Leben möglich gewesen wäre. Vielleicht war es tatsächlich so, dass wir bereits früher schon ein gemeinsames Leben teilen durften und daher unsere innige Verbindung herrührte. Der Gedanke daran, dass für Seelen die Möglichkeit besteht, sich wieder und wieder in einem neuen Leben begegnen zu können, und ein sich Wieder- erkennen stattfinden kann, gab mir die Kraft, den Versuch zu wagen, für mich einen anderen Weg auch ohne ihn zu finden, ein schönes Leben führen zu wollen, auch wenn ich es mir noch nicht vorstellen konnte. Dasselbe hätte ich mir auch für ihn gewünscht, wenn es andersherum gewesen wäre und ich vor ihm hätte gehen müssen. Ein Hoffnungsschimmer soll mein Begleiter sein, dass ich mit jedem Tag einem Wiedersehen näher rücke. Es war und ist alles, was bleibt, die Hoffnung, dich eines Tages wiederzusehen. Ich werde mich an dich erinnern.

Nachwort des Erzählers:

Nun sind wir am Ende meiner Geschichte.
„Meiner Geschichte" … Ich war Beobachter
und Zeuge dieser Geschehnisse, Leiter, Über-
wacher, `Wegweiser ...,` alles war so vor-
hergesehen und abgesegnet ... Der Schmerz
macht uns stärker, lässt uns lernen und wach-
sen, auch wenn wir es zunächst nicht sehen
können ..., er macht uns zu den Menschen,
die wir sind, formt unsere Seele, die unsterb-
lich ist und bleiben wird. Es ist ein langfristi-
ger Prozess, unsere Seele wächst dadurch und
das ist der Ansporn und das Ziel zugleich. Es
mag absurd klingen, das weiß ich und verstehe ich. Dennoch, erfüllt von Stärke und der
Erfahrung von Liebe, sind wir so viel reicher
als die, die den leichten Weg wählen, die
schlussendlich auch zu der Erkenntnis kommen werden, dass ihnen etwas fehlt. Liebe ist
der Filter und die Essenz, auf der alles auf-
baut. Der leichte Weg ist es nicht, der uns erfüllt. Die Liebe ist es wert, sie in jeder einzelnen Facette erfahren zu dürfen, und danach

suchen wir alle, früher oder später. Es ist ein Geschenk, dennoch eine Herausforderung, wenn man sich dazu bereit erklärt, sie in jeder Einzelheit erfahren zu wollen. Meine „Figuren" haben sich lange Zeit vor ihrer Reinkarnation dazu entschieden und zeigen auf, dass trotz all der Schmerzen, die dadurch erlebt werden, sich die Reise lohnt. Niemand hat es bisher bereut, den schweren Weg gegangen zu sein – im Nachhinein … Ich weiß, dass es Mut erfordert, ein Wagnis ist, denn du machst dich verletzlich, doch Mut belohnt letzten Endes nicht nur dich selbst, sondern jeden, dem du jemals begegnest. Ich danke dir für deine Zeit und wünsche dir für deinen weiteren Seelenweg alles erdenklich Gute! Mögest du niemals dein Licht, was dich ausmacht, vernachlässigen oder gar vergessen! Jeder von euch hat dieses Licht in sich – es ist eure Seele und sie sehnt sich nach Erfahrung und Entfaltung, sie möchte hoch aufstreben und das kann sie sich nur beweisen, indem sie sich den Herausforderungen des Lebens stellt. Glaube mir, du bist dem gewachsen, sei mutig und du findest Erfüllung, selbst im größten Schmerz, da du daraus etwas unglaublich Schönes und Ewiges formen kannst. Ich kenne ihn, es ist dein verkleideter Feind ..., am Ende dein Freund, dein größtes Geschenk, der dich Liebe erkennen lässt und dich von denen unterscheidet, die ihr Herz verschlossen halten.

*„ **Wenn ich Dich noch einmal sehen darf**"*
von Solène de la Pluie